Hermann Multhaupt

Die Apostel

Die Apostel

Ein biblischer Roman

Hermann Multhaupt

benno

Bibliografische Information der Deutschen Nationalbibliothek
Die Deutsche Nationalbibliothek verzeichnet diese Publikation in der Deutschen Nationalbibliografie; detaillierte bibliografische Daten sind im Internet über http://dnb.d-nb.de abrufbar.

Besuchen Sie uns im Internet unter:
www.st-benno.de

Gern informieren wir Sie unverbindlich und aktuell auch in unserem Newsletter zum Verlagsprogramm, zu Neuerscheinungen und Aktionen. Einfach anmelden unter: www.st-benno.de.

ISBN 978-3-7462-4158-6

Umschlaggestaltung: birq-design, Berlin
Umschlagfoto: © Siegfried Putz, www.passionsspiele-perlesreut.de
Gesamtherstellung: Kontext, Lemsel (A)

Wie es zu diesem Buch kam

Beim Anblick so mancher Fotos in kirchlichen Medien, wo Menschen mit ernsten Gesichtern, an der Brust ihr Namensschild, vor einer Pinnwand stehen, Merksätze anschreiben, Konzepte erstellen und Pläne verabschieden – da habe ich mich gefragt, was Petrus und seine Mitbrüder wohl zu dieser Art der Glaubensvermittlung gesagt hätten. Natürlich muss man mit der Zeit gehen, doch wie war es denn mit dem schlichten Zeugnis der einfachen Männer vom See Genezareth für Jesus von Nazareth? Kein „Brainstorming“, keine Netzwerke, keine Analysen, Prognosen, Richtlinien – sondern die persönliche beispielhafte Nachfolge Christi mit der Botschaft: Seid gut zueinander, respektiert einander, tut Gutes den Menschen in Not, verzeiht euren Feinden, gebt ein Zeugnis der Liebe. Das zu begreifen, waren keine hochgeistigen Vorträge und ausgefeilte Programme nötig.
Doch das war nicht von vornherein so. Wahrscheinlich war die Zeit für die Jünger zwischen Himmelfahrt und Pfingsten zunächst eine Phase der Selbstfindung. Hatten sie wirklich alles verstanden, was Jesus gesagt und gewollt hatte? Waren sie, die gerade einmal notdürftig lesen und schreiben konnten, überhaupt fähig, im Sinne des Gottessohnes zu predigen und zu überzeugen? Und wer war dieser versprochene Heilige Geist? Dieser Phase der Unsicherheit ist dieses Buch auf der Spur, indem es die verschiedenen Charaktere der Jünger und Jüngerinnen und ihren unterschiedlichen Umgang mit dem Auftrag „Geht hinaus in alle Welt …“ beleuchtet. Dabei geht es widersprüchlich und durchaus auch lustig und manchmal bedrohlich zu.

Hermann Multhaupt

Als Jesus von der Erde emporgenommen und hinter den Wolken verschwunden war, bemächtigte sich der Jüngerinnen und Jünger eine große Traurigkeit. Sie blickten zum Himmel auf, als könnten sie noch eine Spur des Gottessohnes erblicken, doch das Firmament zeigte sich im reinen Blau. Über dem Ölberg breitete ein Adler seine mächtigen Schwingen aus und schwebte in sanften Wellen, vom Aufwind getragen, schaukelnd hin und her. Mit einem Adler aber hatte Jesus keine Ähnlichkeit.

Simon Petrus, der immer gern das Wort führte, fing sich als erster.

„Ihr werdet mir gewiss ohne Einwände zugestehen, dass ich nun der Sprecher von uns allen bin. Ich trete im Namen unseres Herrn, der nun leider unseren Blicken entzogen ist, auf."

„Wieso gerade du?", fragte sein Bruder Andreas. „Du bist doch oft genug ein Klugschwätzer gewesen. Wir wollen nicht, dass du uns noch weiter blamierst."

Die anderen Jünger sahen sich an, die mutigen unter ihnen nickten zaghaft.

„Daran beißt doch keine Maus den Faden ab, dass der Herr mich zu seinem Nachfolger auserkoren hat."

„Zu seinem Nachtwächter, ja", rief Jakobus, er versteckte sich hinter dem breiten Rücken seines Bruders.

„Ich bitte mir Ruhe aus!", rief Simon Petrus.

Die Leute, die ergriffen Zeuge der Himmelfahrt Jesu gewesen waren, verzogen sich langsam. Man sah ihnen an, dass ihre Herzen schwer waren und dass sie sich über die Unruhe unter den Brüdern wunderten.

„Wie könnt ihr nur so streiten!", rief Maria Magdalena und schüttelte ihre Locken. „Gibt es in dieser heiligen Stunde nicht Besseres zu tun als euch in die Haare zu kriegen?"

„Schweig, davon verstehst du nichts!", begehrte Simon Petrus auf. „Es ist unstrittig, dass der Herr zu mir gesagt hat: ‚Dir will ich die Schlüssel des Himmelreiches geben.'"
„Mag sein, aber wir sind hier auf der Erde und müssen die Himmelfahrt Jesu erst einmal verkraften."
„Frauengeschwätz!", rief Simon Petrus. „Du mit deinen Extravaganzen, mit Salböl und so. Du solltest dich zurückhalten."
Die Mutter des Herrn, Maria, sagte gar nichts. Sie trug ihren Schmerz nicht nach außen. Ihr Sohn hatte sich vor Tagen schon von ihr verabschiedet und nun wusste sie nicht, wann sie ihn wiedersehen würde.
„Ich sehe keinen Schlüssel", stellte Philippus sachlich fest. „Ich schätze, dass der Himmelsschlüssel so groß ist, dass du ihn allein nicht vom Boden aufheben könntest."
„Das ist doch symbolisch gemeint, Menschenskind", begehrte Simon Petrus auf. Er spürte, wie die Stimmung gegen ihn wuchs, auch wenn die anderen Jünger sich mit Kritik noch zurückhielten.
Thomas, der durch seine Ungläubigkeit schon ein paarmal aufgefallen war, zuckte die Schultern. „Kein Mensch weiß, was unser Herr Jesus wirklich gemeint hat, als er dir den Himmelsschlüssel anvertraute. Er hätte unter uns gewiss verlässlichere und klüger denkende Vertreter auf Erden finden können als ausgerechnet dich."
Nun wurde es Simon Petrus langsam zu bunt. Er stampfte mit dem Fuß auf, dass der Staub aufwirbelte. Immerhin hatte er Sandalengröße sechsundvierzig.
Bartholomäus, der ursprünglich Natanaël hieß, und den Jesus, als er ihn zu sich rief, unter dem Feigenbaum hatte sitzen sehen, hob besänftigend die Hän-

de. „Wir müssen warten, meine Freunde, abwarten. Der Herr hat uns den Heilige Geist versprochen. Das heißt, er macht uns klug und schlau. Wenn der Heilige Geist eintrifft, wird uns der dunkle Schleier, der uns jetzt noch umgibt, von den Augen genommen."
„Hoffentlich kommt der Heilige Geist nicht erst am Sankt Nimmerleinstag", maulte Johannes.
„Jetzt hört euch das Bleichgesicht an!", rief Jakobus, der Sohn des Alphäus. „Ist schon fast zwanzig und hat immer noch keinen Bart! Wie kannst du da mitreden, wo du die Wangen eines Weibes hast?"
Johannes gab seinem Mitbruder einen Stoß in die Seite. „Dafür hat mich Jesus besonders geliebt. Ich durfte oftmals an seiner Seite sitzen."

Die Leute auf dem Ölberg hatten sich inzwischen gänzlich verzogen. Es ging auf den Spätnachmittag zu. Die Sonne brannte nicht mehr gnadenlos vom Himmel und die Wolken nahmen einen rötlich-bleichen Schimmer an.
„Dieses ganze Gerede führt doch zu nichts", sagte die Mutter des Herrn. „Ich wünsche mir, dass wir in Frieden zusammenstehen, wie Jesus es sich vorgestellt hat, und uns nicht durch unnötige Diskussionen auseinanderleben."
„Ganz recht, ganz recht!", meinte Simon, der Zelot. „Warten wir ab, bis der Heilige Geist kommt und die Zukunft regelt."
„So lange kann ich nicht warten. Ich trage die Verantwortung!" Simon Petrus wischte alle Vorbehalte und Meinungen aus der Welt. „Als verantwortlicher Manager muss ich handeln."
„Manager, Manager – wo hat er nur diesen Begriff aufgeschnappt?", ereiferte sich der frühere Steuereineh-

mer Matthäus. „Solche abweichenden Bezeichnungen gab es während meines Berufslebens nicht."
„Das kann ich verstehen", meine Simon, der Zelot. „Du hast ja vorwiegend in die eigene Tasche gewirtschaftet, warst dein eigener Herr und hast deine Vorgesetzten hinters Licht geführt."
Alle starrten Simon an, selbst Philippus, der schwache Augen hatte und meist blinzelte.
„Was willst du damit sagen?", brauste Matthäus auf. „Jesus hat in meinem Hause gegessen. Diese Ehre ist nicht jedem von euch zuteil geworden. Also, lasst die zänkischen Anspielungen. Zachäus stand in seiner Gunst zwar etwas höher, aber auch er war ein Steuereinnehmer. Jesus hatte keine Vorurteile gegen diesen Berufszweig."
„Damals kannte er deine Machenschaften noch nicht!", rief jemand aus der Runde.
Simon Petrus konnte seine Unruhe kaum noch unterdrücken. Ich muss der Sache Herr werden, beschloss er, bevor der Streit ausufert. Ist die Himmelfahrt Christi denn ohne Eindruck geblieben und fast vergessen? Mit seiner kräftigen Stimme versuchte er sich Ruhe zu verschaffen.
„Also, meine Brüder – und natürlich meine ich auch euch, meine Schwestern" – wobei er zu Maria, der Mutter Jesu, Maria Magdalena und Maria Salome hinüberblickte – „ich schlage vor, wir vertagen die Debatte auf heute in einem Monat, zehn Uhr. Wir treffen uns im Abendmahlssaal. Dort wird die Erinnerung an unseren Herrn Jesus Christus hoffentlich zu klügeren Meinungsäußerungen führen."
Die drei Marien nickten. Sie grüßten höflich und gingen ihrer Wege. Meist waren die Jünger seit Jesu Auferstehung beisammengeblieben. Sie hatten zusammen

gegessen, geschlafen, über ihren Herrn und Meister nachgedacht und sich gefreut, wenn er plötzlich in ihrer Mitte stand. Nun aber war er zu seinem himmlischen Vater zurückgekehrt und eine große Unentschlossenheit hatte sich ihrer bemächtigt.

Judas Thaddäus räusperte sich. „Also, ich müsste mal wieder nach Hause. Ich bin nun monatelang von den Eltern getrennt, und ich muss sehen, wie es ihnen geht."

Auch die anderen äußerten sich ähnlich. Die meisten von ihnen waren Jesus spontan gefolgt, als er sie zu seinen Jüngern berief, so stark war seine Anziehungskraft gewesen. Sie hatten sich auch keine Gedanken darüber gemacht, wer ihre Angehörigen versorgen sollte. Jetzt brannte auf einmal das Gewissen.

„Regelt eure Angelegenheiten", schlug Simon Petrus vor. „Und dann kommt wieder. Heute in einem Monat also, zehn Uhr im Abendmahlssaal, verstanden? Ach, da fällt mir ein: Bringt ein paar Menschen eures Vertrauens mit, jeder etwa zwei, die für eine Gemeindebildung infrage kommen, und damit wir die Diskussion auf eine breitere Basis stellen."

„Auf was?"

„Ach, davon verstehst du nichts, Philippus. Komm einfach her, dann wirst du erleben, was ich meine."

„Wenn das nur gut geht", flüsterte Johannes, der Lieblingsjünger.

„Also nun macht euch auf den Weg. Geht nach Hause. Aber vergesst das Wiederkommen nicht."

Jetzt bekam auch Simon Petrus Muffensausen. Wir sind bei allem Reichtum, den wir durch Jesus empfingen, Fahnenflüchtige, die ihre Familien verlassen haben! Er dachte an seine Schwiegermutter, die ihm manchmal das Leben versalzen hatte, weil sie an sein Verantwortungsgefühl für die Familie appellierte. Vielleicht hätte Jesus sie, als sie einmal schwer krank daniederlag, nicht gesund machen sollen? Doch sogleich verwarf Simon Petrus diesen Gedanken.

Der Weg von Jerusalem nach Hause an den See Genezareth war weit. Simon Petrus hatte Glück: Ein Eselskarren und eine Karawane nahm ihn einige Zeit mit. Er hatte keine Lust, mit den Eigentümern zu sprechen, obgleich die ihn auf der weiten Reise mit Fragen nervten. Er brütete vielmehr vor sich hin, und zur Mittagshitze, der er sich nur mit einem Kopftuch erwehren konnte, kam die heiße Ungewissheit, wie er wohl zu Hause empfangen würde. Eine Tagesreise vor dem See Genezareth traf er auf einen Eselstreiber, der ein störrisches Tier vor sich her trieb.
„Wohin willst du mit dem widerspenstigen Vieh?", fragte er.
„Zum Schlachthof, wohin sonst? Mit diesem bockbeinigen Esel ist kein Staat mehr zu machen."
„Was verlangt der Schlachter?"
„Einen Tiberius-Denar, der auf der Rückseite das Bild der Göttin Viktoria trägt."
„Hier hast du zwei. Überlass mir deinen Esel. Er wird mich vielleicht noch ein paar Meilen tragen."
Zunächst schien der Esel willig zu sein. Simon Petrus hatte offenbar ein feineres Händchen für ihn als der plumpe Vorbesitzer, der nur Schläge austeilen konnte. Doch nach einigen Meilen streikte das Tier. Es stemmte seine Vorderfüße in den Sand und war mit guten und befehlerischen Worten nicht zu bewegen, auch nur einen Schritt vorwärts zu machen.
„Bist wohl in der Gewerkschaft, die dir vorschreibt, ab Sonnenuntergang die Arbeit einzustellen, was?", läs-

terte Simon Petrus. Der Esel zwinkerte mit den Augen, als wollte er sagen: Ganz richtig! Du verstehst mich! Ich habe meinen Teil für heute getan. Jetzt sorg du für mich, dann werden wir weitersehen. Simon Petrus kaufte ihm Möhren und etwas Grün auf einem der kleinen Märkte, bevor die Händler ihre Ware zusammenpackten. Als er das Tier genauer betrachtete, überkam es ihn siedend heiß, dass dies möglicherweise der Esel sein könnte, den Jesus auf seinem feierlichen Einzug in Jerusalem benutzt habe ... Was für eine abstruse Idee! Was sollte ein Esel aus Jerusalem so weit von seinem Stall entfernt? Doch der Gedanke ließ ihn nicht mehr los. Nein, er konnte die Bequemlichkeit des Reitens für sich nicht länger in Anspruch nehmen. Er nahm das Tier beim Halfter, und siehe da, jetzt gab der Esel seine Bockbeinigkeit auf und ließ sich führen. Sie gingen fast die halbe Nacht. Simon Petrus sah den Mond aufgehen und zu einem vollen Rund über seinem Haupt erscheinen. Er tauchte die Landschaft in ein mildes, gelbes Licht. Die kleinen Steine der Wüste reflektierten das Licht, und zu den vielen tausend hellen Sternen am Himmel kamen auf der Erde jetzt unzählige winzige glitzernde Steinkörnchen. Einige Stunden ruhten sie unter einer Palme. Simon Petrus streckte sich im noch warmen Sand aus, dann aber weckte ihn mit anbrechendem Morgen die Kälte. Auch eine heiße Gegend konnte höllisch kalt werden.
Sein Bruder Andreas war schon einige Tage vorher aufgebrochen. Nachts durch die Wüste Juda zu reisen war angenehmer als am Tag, aber auch gefährlicher. Das Gleichnis Jesu von dem Mann, der von Jerusalem nach Jericho zog und unter die Räuber fiel, hatte sie damals alle betroffen gemacht. Aber mehr noch, dass ausgerechnet ein Samariter, der mit den Juden aus Jerusalem

aus Glaubensgründen nicht auf gutem Fuße stand, sich des fremden Mannes angenommen und dafür gesorgt hatte, dass er gesundgepflegt wurde.
Als Simon Petrus nach mehrtägigen Reisen das Jordantal aufwärts nach Hause in Kafarnaum kam, wo seine Schwiegermutter das Regiment führte, stand die mächtige Ava unter der Haustür und tat, als schaue sie ins Wetter. In Wirklichkeit hatte sie ihren Schwiegersohn längst erspäht, als er sich langsamen und demütigen Schrittes und wie man sah, unsicher und zögernd, dem Hause näherte.
„Na, lässt du dich auch mal wieder sehen, Simon?", fragte sie scheinheilig. „Und ein zottiges Tier, das dir aufs Haar gleicht, hast du auch dabei. Schön, schön. Hoffentlich erkennen dich deine Kinder wieder, nachdem du drei Jahre lang mit diesem Wanderprediger Jesus herumgezogen bist. Hätte ich nicht ein paar Ersparnisse gehabt, wir hätten nicht gewusst, wie wir über die Runden hätten kommen können."
„Hätte, hätte", brummte Simon Petrus, der hier in seiner Familie wieder nur Simon hieß. „Jesus hat auch für euch gesorgt. Weißt du noch, als das Netz einmal so voll war, dass die Fische herausplatzten?"
Ava antwortete unwirsch: „Wir konnten nicht monatelang von Fischen leben. Wir brauchten auch Brot, Käse und Milch."

„Wo ist Samira?", fragte Simon und versuchte, sich an der stämmigen Schwiegermutter vorbei zu quetschen. Sie nahm den ganzen Türrahmen ein.
„Deine Frau ist am See. Sie flickt die Netze. Ich bin mir jedoch nicht sicher, ob sie dich sehen will."
„Das lass nur meine Sorge sein", murrte Simon und war augenblicklich überrascht von dem forschen

Ton, den er sich seiner Schwiegermutter gegenüber leistete.
„Und wo sind die Kinder?"
„Aaron und Ruth sind auf dem Feld. Sie helfen dem Bauern Joel bei der Ernte. Sie können allerdings keine Reichtümer dabei verdienen, denn Joel ist wegen seines Geizes bekannt. Es blieb uns nichts anderes übrig, als sie dorthin zu schicken. Die anderen Bauern wollten sie nicht nehmen. Sie sagten, Kinder, die einen Vagabunden zum Vater haben, beschäftigen wir nicht."
Simon ballte seine Hände zu Fäusten. „Ich bin kein Vagabund", rief er. „Ich habe viel gelernt in diesen Jahren."
„Das wird was Rechtes gewesen sein, was du gelernt hat!" Ava drehte sich um und bedrohte jetzt in ganzer Fülle ihren Schwiegersohn. „Deine Frau und die Kinder sind davon jedenfalls nicht satt geworden."
Simon betrat die Räume, die er mit seiner Familie bewohnte. Wie akkurat alles aussah. Die Zimmer waren aufgeräumt, auf der Fensterbank lag kaum ein Staubkörnchen. Die Katze flitzte unter seinen Füßen nach draußen. Sie hatte ihn nicht erkannt.
„Bastet!", rief er. „Bastet, komm zu Vati."
Die Katze beachtete ihn nicht. Sie hockte vor der Tür, hatte den Schwanz um die Pfoten gewickelt und miaute vor sich hin.
Simon seufzte. Wenn ihn schon die Tiere nicht erkannten, wie würde es mit den Kindern sein?
Samira kam vom See zurück. Sie trug das Netz über den Schultern und in einem Eimer ein paar Fische – die magere Ausbeute dieses Tages.
„Hallo!", sagte Simon und hob zögernd die Hand.
Samira blieb stehen und musterte ihren Mann. „Lässt sich der Herumtreiber auch mal wieder zu Hause sehen?", fragte sie mit düsterem Gesicht. „Dass du es

überhaupt wagst, hier zu erscheinen. Wir sind ganz gut ohne dich zurechtgekommen."
Simon spürte, wie seine Hände feucht wurden. Ich soll einmal eine große Christengemeinde leiten und jetzt das ... „Du weißt doch, dass ich ..."
„Ich weiß alles. Dieser Jesus hat dir den Kopf verdreht."
„Das siehst du nicht richtig, Samira. Lass dir erklären ..."
„Du musst mir nichts erklären!", brach es aus ihr heraus. „Auch die Frau deines Bruders Andreas, Abigajil, sieht die Sache so wie ich. Ihr habt uns schmählich im Stich gelassen, nur weil ein Prophet oder Wunderheiler euren Weg kreuzte. Wenn ich nicht meine Mutter gehabt hätte, die den Kindern und mir beistand, ich weiß nicht, was aus uns geworden wäre."
Simon fühlte sich nicht wohl in seiner Haut. Die Wände starrten ihn feindselig an. Das ganze Haus schien sich gegen ihn verschworen zu haben.
„Dieser Wunderheiler, wie du ihn nennst, hat deine Mutter gesund gemacht", versuchte Simon einzulenken. „Wer weiß, ob sie heute noch am Leben wäre, wenn er das Fieber nicht gesenkt hätte."
Samira winkte ab. Diese Heilung lag für sie in weiter Ferne und schien für sie heute unbedeutend zu sein.
„Ich bin davon überzeugt, dass Jesus der Sohn Gottes ist", erklärte Simon mit fester Stimme, wobei er alle Kraft zusammennahm, um dieses Bekenntnis auszusprechen.
„So? Ich habe nur gehört, dass er am Kreuz endete."
„Aber er ist von den Toten auferstanden und in den Himmel aufgefahren."
„Aha!"
„Ja, und er wird wiederkommen in Herrlichkeit, zu richten die Lebenden und die Toten." Simon meinte, im Gesicht Samiras ein leicht fragendes Interesse wahrzunehmen.

„Und wie stellst du dir das weitere Leben mit mir vor?"
Simon wurde der Antwort enthoben, denn die Kinder stürzten ins Haus. Als sie den Vater erblickten, blieben sie stehen.
„Nun, kennt ihr mich nicht mehr?"
Aaron antwortete nicht. Er war jetzt elf Jahre alt. Ruth kam ein paar Schritte näher. Ihre acht Jahre ließen sie unbefangener auftreten.
„Wir haben gemeint, du seiest geraubt worden", staunte Ruth. „Oma schimpfte nämlich: Der Mann kann uns gestohlen bleiben."
„Na, so was. Und du hast das geglaubt?
„Ja, Vater."
„Meinst du wirklich, euer Vater lässt sich so ohne weiteres stehlen und sagt euch nicht Auf Wiedersehen?"
Die Kinder zuckten die Achseln.
„Ich will euch erzählen, wo ich war, wen ich getroffen habe. Ich habe nämlich etwas Großartiges erlebt. Ich traf auf einen Mann, einen Propheten, nein, den Messias, den Sohn Gottes. Doch besser: Er traf mich und er forderte mich auf, mit ihm zu gehen. Er zog mich magisch an. In diesem Augenblick habe ich nur an ihn denken können, ich konnte nicht anders. Die Welt um mich herum war wie weggeblasen, Beruf, meine Freunde, ja auch ihr, meine Familie, ich hatte keine Gedanken mehr an euch – nur an ihn. Verzeiht mir, aber ich stand ganz im Banne dieses Mannes und musste ihm folgen."
„Das war wohl ein Magier, der dich verhext hat?"
„Nein, nein, Ruth, das war kein Magier und auch kein Hexer. Er kam in Gottes Auftrag auf die Erde und hat nur Liebe gepredigt und in Liebe gewirkt. Ach, das zu verstehen, seid ihr noch zu jung. Aber eines Tages werdet ihr begreifen, was ich meine."

Simon spürte, wie ihm das Herz aufging, je weiter er sprach. Und zugleich war er von einer heißen Sehnsucht nach Jesus erfüllt. Ob er jetzt an der Seite seines Vaters saß? Wahrscheinlich hatte er erst einmal mit ihm gespeist, und der Engel, der ihn in der Todesstunde am Ölberg tröstete, hatte ihn mit Köstlichkeiten versorgt. Vielleicht mit Karamellbonbons? Wer im Himmel wohl Koch war? Einmal würde er es wissen, denn darauf warteten sie ja alle: Dass sie eines Tages mit Jesus im Himmel zu Tische sitzen würden in seinem Reich …
Simons Gedanken wurden unterbrochen.
Er sah seinen Bruder Andreas den Weg heraufkommen. Er wohnte hinter der nächsten Bucht des Sees Genezareth. Andreas hatte den Arm um Abigajil gelegt und sie scherzten miteinander. Seine Töchter Batia und Litana tanzten hinter ihnen her. Schon von Weitem hörte er ihr Lachen.
„Na, du hast es ja gut getroffen", knurrte Simon.
„Ja, ja, meine Frau ist glücklich, dass ich wieder zu Hause bin."
„Aber nicht für lange", grinste Simon.
„Was heißt das – nicht für lange?" Abigajil blieb stehen.
„Hat er es dir denn nicht gesagt? Wir haben nächsten Monat eine wichtige Konferenz in Jerusalem mit den Vertreterinnen und Vertretern der neuen Gemeinde. Dann werden wir weitersehen. Wir warten noch auf den Heiligen Geist."
„Ihr habt sie doch nicht mehr alle, was?" Abigajils schwarze Augen funkelten. Sie schob den Arm ihres Mannes zurück. Wie schön ist sie, wenn sie wütend ist, sinnierte Simon. So viel Feuer wünschte ich Samira ebenfalls. Aber bei der Mutter …
„Wenn du nächstens wieder losgehst, darfst du das

Wiederkommen vergessen!", rief Abigajil. Andreas blickte seinen Bruder flehend an.
„Vor ihm liegen große Aufgaben", lenkte Simon ein.
„Was für Aufgaben?"
„Nun, das wird die Konferenz zeigen. Wir stehen vor der Gründung eines Imperiums."
„Aha! Habe ich es mir doch gedacht, dass ihr übergeschnappt seid. Drei Jahre unter dem Einfluss dieses Jesus konnten ja nicht spurlos an euch vorübergehen."
„Nein, das sind sie auch nicht!", sagte Simon mit fester Stimme. Inzwischen hatten sich auch Ava und Samira eingefunden, während die Kinder beider Familien Kieselsteine übers Wasser tanzen ließen.
„Wir werden die Lehre unseres Herrn Jesus verkündigen", erklärte Andreas.
„Was für eine Lehre?" Abigajil baute sich vor ihrem Mann auf. Auch Ava nahm eine drohende Haltung an. Sie warf einen breiten Schatten.
„Ihr habt Jesus doch oft predigen hören, oder? Die Lehre von der Liebe unter den Menschen, von der Liebe zu Gott und zu unseren Nächsten, von…"
„Schnickschnack!", rief Ava. „Sechs Kinder waren für mich genug. Da muss es nicht noch mehr Liebe geben."
„Diese Liebe ist auch nicht gemeint", warf Simon ein.
„Sondern?"
„Nun, das ist nicht so einfach zu erklären. Wenn uns der Heilige Geist heimgesucht hat, werden wir uns besser ausdrücken können."
„Was du nicht sagst." Ava blickte ihren Schwiegersohn an, als zweifle sie an seinem Verstand. Simon wunderte sich, dass Samira kein Wort hervorbrachte. Vielleicht schämte sie sich.
„Die Lehre unseres Herrn wird eines Tages auf der ganzen Erde bekannt werden", sagte Simon und blickte in

die Ferne. „Und wir, wir haben dazu beigetragen, dass sie sich so weit ausgebreitet hat.“
„Hauptsache, sie reicht bis hinter Tante Manars Hühnerstall, das sind immerhin zwei Meilen.“ Ava schüttelte den Kopf.
Andreas spürte, dass seine Frau am liebsten auf der Stelle kehrt machen und wieder nach Hause rennen würde.
„Du hast vergessen, lieber Bruder, dass eine Lehre nicht nur Lehrer, sondern auch Verwalter braucht, Menschen, die die Lehre verwalten. Denn es kommt zweifellos zu Geld, Spenden, Erbschaften, vielleicht sogar zu einem Vermögen.“
Ava schob Andreas beiseite und wandte sich ihrem Schwiegersohn zu. „Was sagt er da?“
Simon warf dem Bruder einen hilfesuchenden Blick zu. „Ja, ja, liebe Mutter, es wird zu Spenden, Erbschaften, vielleicht sogar zu einem Vermögen kommen. Und das alles muss verwaltet werden.“
Jetzt drängte sich Abigajil vor. „Heißt das, Andreas könnte so etwas wie ein Finanzverwalter werden?“
„Nein, Simon wird es!“, rief die Schwiegermutter.
„Darüber wird die Konferenz entscheiden, die wir nächsten Monat halten.“ Auf Simon ruhten angespannte, erwartungsvolle Gesichter. Und zugleich kamen ihm die Worte Jesu an den reichen Jüngling in den Sinn: „Willst du vollkommen sein, so gehe hin, verkaufe, was du hast, und gib es den Armen – und du wirst einen Schatz im Himmel haben. Dann komm, und folge mir nach …“

Als Simon Petrus und Andreas nach einem Monat montags um zehn Uhr im Abendmahlssaal eintrafen, war der Raum dicht mit Menschen gefüllt. Alle Jünger sowie die drei Marien hatten Personen ihres Vertrauens mitgebracht, Menschen, die sie in die Lehre Jesu einweihen wollten und die Anleitungen zum Predigen bekommen sollten. Beim Anblick der vielen Gäste erschrak Simon Petrus bis ins Herz. „Mein Gott", raunte er seinem Bruder zu, „wenn die Juden das sehen, dann gnade uns Gott. Dann befürchten sie einen neuen Aufstand, und schon stehen die Römer auf der Matte." Doch im Vertrauen auf den Beistand Jesu würde es vielleicht nicht zu Verhaftungen kommen. Denn seit der Auferstehung und Himmelfahrt des Herrn befanden sich die Anhänger Jesu in großer Unruhe.
Simon Petrus entnahm seiner Tasche ein weißes Käppchen und setzte es auf seinen Kopf.
„Was soll denn das?", rief Jakobus, der Ältere, Sohn des Zebedäus. „Willst du an einem Verkleidungsfest teilnehmen?"
„Unsinn!", ereiferte sich Simon Petrus. „Als Anführer, als Verantwortlicher dieser Gruppe muss ich mich aus der Allgemeinheit hervorheben. Das ist doch eindeutig, oder?"
„Mitnichten!", ertönte es aus der Versammlung.
„Dieses Käppchen heißt Pileolus. Ich trage es als erster. Nach mir werden es alle tragen, die meine Nachfolger sind."
„Ist das die Möglichkeit!", rief sein Bruder Andreas. „Zu Hause hast du mir ja gar nichts davon gesagt! Und was soll dieses Zeichen an deiner Brust?"
„Das ist mein Namensschild. Darauf steht, wie ich heiße."

„He, bist du so vergesslich, dass du nicht mehr weißt, wie du heißt und ein solches Namenschild tragen musst?"
Simon Petrus griff in seine Tasche und warf eine Handvoll weiterer Namensschilder auf den Tisch.
„Die sind für euch", verkündete er. „Jeder von uns nimmt sein Namensschild und heftet es an sein Gewand."
„Ich kann nicht lesen!", rief Philippus mit den schlechten Augen.
„Ich habe die Namen von einem Schreiber anfertigen lassen", erklärte Simon Petrus. „Dieser Schreiber wird gleich eintreffen und uns helfen."
„Wie helfen?" Simon, der Zelot, machte ein erstauntes Gesicht.
„Keine Angst, Leute. Er wird aufschreiben, was wir besprechen und beschließen."
„Wieso das?", ereiferte sich Matthäus, der Steuereinnehmer. „Ich kann auch schreiben. Aber mich hast du ja nicht gefragt."
Alle starrten Simon Petrus an. Der wandte sich an Matthäus. „Deine Schreibkünste in Ehren. Doch ich wünschte mir einen unvoreingenommenen und neutralen Schreiber. Wer weiß, ob der Teufel dich nicht in Versuchung führt und dich nur das aufschreiben lässt, was nur dir zum Vorteil dient."
„Schweinerei!", rief Matthäus und schlug mit der Faust auf den Tisch.
Mit Hilfe des Schreibers erhielten die Jünger alsbald ihre Namensschilder. Sie hefteten sie sich widerwillig an ihr Gewand.
„Das muss sein bei einer modernen Konferenz", klärte Simon Petrus sie auf. „Der Gesprächspartner oder der Nebenmann muss wissen, mit wem er es zu tun hat."
Johannes, ebenfalls Sohn des Zebedäus, strich sich über sein bartloses Kinn. „Schade, dass der Herr nicht

mehr bei uns ist. Er würde diesen Schabernack verbieten und Simon Petrus aus dem Saale treiben wie einst die Händler aus dem Tempel."
Simon Petrus überhörte diese Anspielung und nahm an der Kopfseite des großen Abendmahlstisches Platz. Wie still und ergriffen hatten sie hier vor wenigen Monaten noch gesessen! Wie traurig und hoffnungslos waren sie gewesen in dem Augenblick, als Jesus ihnen seinen Tod ankündigte und ihnen Brot und Wein als seinen Leib und Blut reichte. Alle fühlten sich trotz der schweren Stunden durch eine große Harmonie miteinander verbunden. Und jetzt?
Simon Petrus erhob sich, um seiner Person mehr Autorität zu verleihen. „Also, ich eröffne die heutige Sitzung mit einem Gedenken an unseren Herrn Jesus Christus. Möge es ihm beim himmlischen Vater wohlergehen."
Beifälliges Gemurmel war die Antwort.
„Die Situation nach dem Weggang unseres Herrn und Meisters ist bekannt. Wie, meine Damen und Herren, soll es nun weitergehen? Protokollant, du schreibst mit. Philippus, du hast das Wort."
Philippus starrte auf die weiße Kopfbedeckung des Vorsitzenden. Er war nicht bei der Sache.
„Simon Petrus, hast du gut geschlafen?", fragte er.
„Ja, aber was soll die Fragerei?"
„Und du hattest kein Albdrücken oder sonstige Beschwerlichkeiten?"
„Das geht dich nichts an. – Herr Schreiber, das gehört nicht ins Protokoll, verstanden?"
Der Schreiber nickte.
„Wenn du nichts zur Sache beitragen kannst, Philippus, ergeht das Wort an ..."
Simon Petrus stand auf. Die anderen duckten sich. Sie wären am Liebsten im Erdboden versunken angesichts dieser Farce.

„Thomas!" Simon Petri Finger schnellte in die Luft und traf den als kritisch bekannten und ungläubigen Jünger.
„Ich erbitte Auskunft über deinen Geisteszustand", forderte Thomas. „Du hast uns bereits mehrfach irritiert. Denke nur daran, wie du dem Meister über den See Genezareth entgegenlaufen wolltest. So ein Schwachsinn!"
„Die ersten Schritte habe ich geschafft, wenn du dich erinnerst."
„Ja, aber dann musste Jesus dich retten."
„Es geht hier nicht um meine Person, sondern um den Fortbestand der von Jesus, dem Herrn, gegründeten Gemeinschaft. Man könnte auch Kirche sagen."
„Langsam, langsam!", rief Thomas. „So weit sind wir noch nicht! Was heißt hier Kirche?"
Simon Petrus brachte noch einmal seine Erwählung in Erinnerung. Er umschrieb den Fels, auf dem Jesus seine Kirche gründen wollte, und dass ihm, Simon Petrus, diese Aufgabe zufalle. „Die Schlüsselgewalt liegt bei mir!", rief er. „Doch jetzt erbitte ich konkrete Vorschläge, wie wir die junge Gemeinde festigen und im Geist Jesu formen wollen."
„Warten wir doch den Heiligen Geist ab!" Andreas gab seinem Bruder einen so starken Rippenstoß, dass Simon Petrus wankte und wieder Platz nahm.
„Muss ich euch allen denn auf die Sprünge helfen?", donnerte er. „Wir brauchen ein Konzept, eine Vorgehensweise. Also, was haltet ihr von pastoralen Räumen?"
„Von was?" Matthäus Gesicht ähnelte dem eines Schafes.
„Von pastoralen Räumen, du Hutsimpel! Erinnert ihr euch nicht an Jesu Worte: ‚Ich bin der gute Hirt. Ich kenne die meinen, und die meinen kennen mich'? Hirte – Schafe – könnt ihr nicht kombinieren?"
„Aha, du meinst …?"
„Genau, Bartholomäus. Genau das meine ich. Die ganze

Welt ist eine Wiese, auf der unzählige Schafe weiden. Wir, die wir Jesus anhängen, sind ihre Hirten und für sie verantwortlich. Also spreche ich mit Recht von pastoralen Räumen."

„Wie groß ist denn die Welt?", fragte Judas Thaddäus.

Simon Petrus blickte seine Mitbrüder der Reihe nach an. „Nun, etwa wie Judäa und Galiläa zusammen und vielleicht noch ..."

„Syrien."

„Und Jordanien."

„Vielleicht auch Mesopotamien." Jetzt kam Bewegung in die Jüngerschar.

„Genau!", rief Simon Petrus.

„Und Rom."

Jetzt hob der Schlüsselinhaber die Hand. „Das Reich der Römer wollen wir mal ausklammern. Da geht es nach unserem Ermessen nicht menschenwürdig zu. Diesen pastoralen Raum wollen wir nicht berücksichtigen."

„Wieso das? Hat unser Herr nicht davon gesprochen, dass der Menschensohn gerade zu denen gesandt worden sei, deren Herz versteinert sei, die krank sind und die seiner Hilfe am meisten bedürften?"

Simon Petrus starrte Jakobus, den Sohn des Alphäus an, als wolle er ihm an die Gurgel springen.

„Hast du die Grausamkeiten der Römer nicht ständig vor Augen?", rief er. „Haben die Römer nicht unseren Herrn sogar ans Kreuz geschlagen? Nein, mit einem solchen Volk will ich nichts zu tun haben. Ich werde nie nach Rom gehen, nie, hört ihr? Die Römer sollen in der Hölle braten und von den Teufeln stündlich umgedreht werden, damit sie auch recht schön braun werden."

„Pfui! Pfui!", tönte es aus der Runde. „Wie kannst du so etwas sagen, Simon Petrus, wo unser Herr doch die Liebe zu allen Menschen und Völkern vorgelebt hat."

„Ich bin der Fels. Ich bin Autorität. Hat nicht auch Jesus gesagt: ‚Denen die Sünden nicht nachlassen werden, denen sind sie nicht nachgelassen'? – Original die Worte unseres Herrn und Meisters."
Johannes beugte sich zu Simon Petri Bruder Andreas hinüber: „Da hat er ausnahmsweise einmal aufgepasst."
Das Gemurmel dauerte eine Weile an. Simon Petrus gab Gelegenheit zur Meinungsbildung. Der Schreiber hob fragend den Kopf. „Das Gemurmel wird nicht protokolliert, verstanden?", wies Simon Petrus ihn an.
„Wir müssen die Frohe Botschaft möglichst allen Menschen nahe bringen", fuhr er nach einer Weile fort. „Das heißt, wir brauchen ein pastorales Konzept, wie wir das bewerkstelligen, ein Profil."
„Ein was?"
„Ein Profil, du Esel!"
Die Jünger blickten sich an. Ihre Unsicherheit war ihnen tief ins Gesicht geschrieben.
„Vielleicht ist der Heilige Geist bei ihm schon eingetroffen und hat ihm einen Vorsprung vor unserem Wissen gegeben", raunte Bartholomäus dem Judas Thaddäus zu.
„Ja, ja, stellt euch nicht dümmer an als es der Hohepriester erlaubt. Wir können nicht einfach in die Lande hinausgehen, von Jesus erzählen, die Menschen taufen, sie zu einem guten Leben anhalten und weiterziehen."
„Und warum nicht?"
„Du bist mir schon immer durch eine begrenzte Aufnahmefähigkeit aufgefallen, Simon Kananäus."
„Ich bin Simon, der Zelot, wenn du nichts dagegen hast. Was soll denn dieser ganze Quatsch? Pastorale Räume? Konzept? Profil?"
Eine große Unruhe ging durch die Schar der Jünger. Man spürte, dass der Zelot allen aus dem Herzen gesprochen hatte.

„Nun, wir brauchen eine Perspektive, meine Freunde. Das heißt, wir müssen Schlüsselthemen erarbeiten. Dazu gehört eine bessere Wahrnehmung der Lebensumstände der Menschen vor Ort. Diese Beobachtungen werden wir in einer Pastoralvereinbarung verarbeiten und auf einem Dialogforum in Kraft setzen."
„Und dann?"
„Dann werden wir das Zukunftsbild zusammen mit den Aussagen verschriftlichen."
„Interessant!", rief Jakobus der Jüngere und tat so, als habe er alles verstanden.
„Ich kann nichts verschriftlichen, weil ich nicht schreiben kann", rief jemand aus der Runde.
Simon Petrus versuchte, sich Gehör zu verschaffen. Da seine Stimme nicht ausreichte, überlegte er, ob er nächstens nicht eine Vereinsglocke beschaffen sollte.
„Es kann doch nicht jeder predigen und von Jesus Christus reden, wie ihm der Schnabel gewachsen ist!"
„Und warum nicht?", fragte Johannes, der Bartlose, mit seiner piepsigen Stimme.
„Weil wir uns auf ein Konzept einigen müssen, wie wir vorgehen wollen", erwiderte Simon Petrus. „Jeder hat unseren Herrn aus einem anderen Blickwinkel erlebt. Wir müssen unsere Erfahrungen mit ihm zusammentragen und einen Plan erarbeiten, nach dem wir die Frohe Botschaft weitertragen." Allmählich kam er ins Schwitzen. Simon Petrus nahm den Pileolus ab und fächerte sich Luft zu.
„Das sehe ich anders, Simon Petrus." Thomas, so ungläubig er sich benehmen konnte, hatte einen genialen Vorschlag, der mit großem Beifall bedacht wurde.
„Wir alle haben mit Jesus gelebt, seine Güte und Menschenfreundlichkeit erfahren. Wir haben genügend Beispiele seines Großmutes, seiner Liebe zu den Men-

schen in unseren Herzen. Wir waren Zeugen seiner Wunder. Das soll jeder mit seinen Worten weitersagen. Mit seinen Worten, verstehst du? Wir wissen auch, warum er in die Welt gekommen ist – nämlich um die Liebe Gottes offenkundig zu machen. Also, sprechen wir doch darüber. Je begeisterter wir uns der Sache annehmen, umso überzeugender wird unsere Botschaft auf die Menschen übertragen. Und wenn sie sich zu Jesus bekennen können, dann beten wir mit ihnen und taufen sie im Namen unseren Herrn Jesus Christus."
Alle klatschen in die Hände, nur Simon Petrus nicht.
„Und wo bleibt das pastorale Konzept?", fragte er wieder. „Wir können doch nicht einfach drauflosplappern!"
„Plappern nicht, aber predigen!", sagte Bartholomäus.
„Predigen! Und das kann man ohne pasto… pastorales Konzept, wie du das nennst."
Simon Petrus rang die Hände. „Ihr habt immer noch nicht verstanden, worum es geht. Ich denke, das Beste wird es sein, wir ziehen uns zu einer Klausurtagung zurück und legen die Leitlinien unseres Handels fest."
„Schon wieder so ein Modewort – Leitlinien! Mensch, ist das alles auf deinem Mist gewachsen?", erkundigte sich Jakobus, der Sohn des Zebedäus.
„Ich bitte doch, die Form zu wahren", entgegnete Simon Petrus. „Erstens sind Leitlinien Richtschnüre, an denen wir uns orientieren. Zweitens erbitte ich mir, ehrfurchtsvoll angeredet zu werden. Das ist ein Akt der Höflichkeit, sozusagen."
„Hast du auch ehrfurchtsvoll gesagt: Herr Jakobus, ziehen Sie doch bitte mal an diesem Ende des Netzes, damit wir den Fang sicher ins Boot bekommen?"
Simon Petrus ließ den Schreiber wissen, dass er diesen Satz aus dem Protokoll gestrichen wissen möchte.
Mit der Wärme, die an dem Gemäuer des Abendmahls-

saales emporstieg, erhitzten sich weiterhin auch die Gemüter der elf Jünger. Bisher hatten nur sie, die Männer, gesprochen. Die Frauen, darunter die drei Marien, hielten sich schweigend zurück.

„Wir müssen von Strukturveränderungen ausgehen“, sagte Simon Petrus. „Was meint ihr dazu?“

Die Frauen sahen sich an. Maria, die Mutter des Herrn, meinte, ihr Schmerz über den Fortgang ihres Sohnes sei noch zu groß, auch wenn sie durch seine Aufnahme beim himmlischen Vater etwas getröstet sei. Sie werde sich später äußern, wenn der Heilige Geist seine Ankunft wahr gemacht habe. Maria, Frau des Kleophas, äußerte, man könne eine Mostpause vertragen, während Maria Magdalena in Gedanken bei Jesus weilte, der sie gegen alle Anfeindungen verteidigt und ihren Ruf wieder hergestellt hatte. Davon, ja, davon wollte sie gern in der Öffentlichkeit erzählen. Heute war auch Maria, die Schwester des Lazarus anwesend, die im Gegensatz zu ihrer um Jesu leibliches Wohl besorgten Schwester Martha, zu seinen Füßen gesessen und jedes seiner Worte wissbegierig aufgesogen hatte.

Simon Petrus zog ein Resümee. „Wir werden auf der Klausurtagung den Ist-Zustand unserer Situation erläutern und daraus unsere Schlüsse ziehen. Dann stellen wir fest, was wir verändern oder beibehalten können. Neuen Entwicklungen sollten wir dabei nicht im Wege stehen. Am Ende haben wir ein pastorales Konzept, nach dem wir unsere Arbeit in Zukunft gestalten. Das geht natürlich nicht ohne Schwerpunkte. Und auch nicht ohne Personen, die die Verantwortung für die Beschlüsse übernehmen. Die Verantwortungsbereiche werden wir auf der Tagung ebenfalls abstecken.“

„Heißt das, es geht auch um Posten- und Ämterverteilung?“

„Du hast es erkannt, Matthäus.“ Simon Petrus schlug

dem Mitbruder wohlwollend auf die Schulter. „Endlich ein Lichtblick. Der Herr im hohen Himmel wird sich freuen, wenn er das sieht."
Matthäus wurde von den anderen mit bösen Blicken bestraft. „Er denkt doch nur an seine Vorteile", sagte Simon Petrus' Bruder Andreas. „Er war doch schon immer so."
Bis vor wenigen Tagen waren wir ein Herz und eine Seele, überlegte Bartholomäus bei sich. Für diese Harmonie zwischen uns würde ich mir die Haut abziehen lassen, so viel ist sie mir wert. Wir waren einig, alles stimmte, Jesus einte uns und all die Menschen, die seinen Predigten lauschten und Zeugen seiner Wunder waren. Aber kaum ist der Meister der irdischen Welt entrückt, sät der Teufel bereits Zwietracht.
„Also, ihr seht selbst, heute kommen wir so nicht weiter", nickte Simon Petrus. „Wir werden uns zu einer Klausurtagung treffen. Zwei, nein, besser drei Tage sollten wir uns Zeit nehmen."
„Wenn du inzwischen dafür sorgst, dass meine Familie zu essen bekommt, bin ich dabei. Ich bin doch neugierig, was du jetzt wieder ausheckst", grinste Thomas, der Ungläubige.
„Du sprichst ein heikles Thema an", bestätige Philippus. „Als Jesus unter uns weilte, hat er für uns gesorgt. Wir bekamen zu essen und litten keine Not. Auch unsere Familien mussten wie durch ein Wunder nicht ständig hungern. Doch jetzt ist er nicht mehr da, und unsere Vorräte gehen zur Neige. Zu dumm, dass wir Judas Iskariot nicht mehr unter uns haben. Er verwaltete die Kasse."
Der Name des Verräters löste Unmut in der Versammlung aus. „Am Ende hätten wir von den dreißig Silberlingen gelebt, mit denen er unseren Herrn verriet", polterte Simon Petrus los.
Die Frage, warum nicht jeder mit seinen Worten vom

Leben Jesu erzählen dürfe, sondern sich alle auf eine Linie festlegen sollten, bedrückte die Jünger. Gewiss, sie waren alle keine großen Redner. Ja, sie hatten sogar Hemmungen und Angst. Überall lauerten die Schergen der Römer und die Spione des Hohen Rates. Noch schlimmer aber waren die Spitzel der radikalen Juden, die jetzt, nachdem ihr Wunsch, Jesus zu beseitigen, in Erfüllung gegangen war, ziemlich frech gegen die Anhänger Jesu auftraten. Mancher war aus Furcht vor den Juden wortbrüchig geworden und hatte den Herrn verleugnet wie Simon Petrus, der im Hof des Hohepriesters auf neugierige Fragen behauptet hatte, er kenne Jesus nicht. Alle hüteten sich, Simon Petrus auf diese schwache Stunde anzusprechen. Nein, sie waren gewiss keine großen Redner. Aber manche hatten eine kräftige Stimme und konnten lebendig erzählen. Und andere berichteten in sanftem und geheimnisvoll klingendem Ton, wie sie Jesus kennengelernt und sich für ihn begeistert hatten. Es war doch klar, dass jeder seine eigene Geschichte mit Jesus hatte und sich entsprechend äußern könnte. Man konnte doch nicht alle Worte aufeinander abstimmen und nur mit einer Stimme, gleichsam unisono reden! Was sich dieser Simon Petrus nur dabei dachte! Ein Aufschneider war er ja immer gewesen, ein Vorprescher, der unüberlegt etwas herausposaunte, was am Ende der größte Blödsinn war. Wie oft hatte seine Großspurigkeit ihn in Verlegenheit gebracht, wenn Jesus ihn zurechtweisen musste. Und diesem Mann hatte der Herr sein Erbe anvertraut, den Auftrag, den Menschen zu predigen und sie zu taufen. Davon, sie zu organisieren, war allerdings nicht die Rede gewesen. Das war Sache des Heiligen Geistes, der den Jüngerinnen und Jüngern versprochen war und auf den alle warteten. Vielleicht brachte der Heilige Geist

den spleenigen Simon Petrus wieder zur Vernunft …
Sie kamen heute nicht weiter. Also besprachen sie noch einige Einzelheiten, legten den Termin für das Treffen fest, versuchten sich an einer Tagesordnung. Dann entließ Simon Petrus die Versammlung. Die Leute verliefen sich rasch. Die Frauen, darunter die drei Marien, blickten Simon Petrus mitfühlend an und schüttelten die Köpfe. Als er sich zu gehen anschickte, kam Johannes auf ihn zu.
„Ich habe hier einen Gast, der sich bisher noch nicht zu erkennen gegeben hat. Er möchte deine Bekanntschaft machen“, sagte er mit seiner hellen Stimme.
„So, wer ist er denn?“
„Entschuldige, ich bin der Hauptmann, der unter dem Kreuz stand.“
„Der was?“ Simon Petrus wich zurück.
„Der Hauptmann unter dem Kreuz.“
„Ein Spion“, schrie Simon Petrus, „und du, Johannes, hast ihn hergebracht! Jetzt sind wir verraten! Wer hat dich geschickt? Pontius Pilatus persönlich? Oder Kaiphas, der hinterhältige Hohepriester?“
„Niemand von beiden“, sagte der Hauptmann.
„Was willst du von uns? Wir sind einfache Fischer.“ Die Stimme des Menschenfischers zitterte.
„Danach sah es eben nicht aus. Wie du dein Wort gemacht hast …“ Der Centurio lächelte.
„Du kannst ihm vertrauen, Simon Petrus“, piepste Johannes. „Ich kenne ihn ja.“
„Woher, du faule Zitrone?“
„Vom Kreuz.“
Der Hauptmann legte Simon Petrus beruhigend die Hand auf die Schulter. „Also, ich war Zeuge der Hinrichtung dieses Jesus von Nazareth, denn meine Kohorte musste den Todeszug begleiten. Es war die siebzehnte

Kreuzigung an diesem Tag. Ich habe die Torturen erlebt, die euer Herr durchstehen musste, und habe seinen Tod beglaubigen müssen. Das wollte ich sagen."

„Wir wissen, wie eine Kreuzigung vonstattengeht", sagte Simon Petrus abweisend. „Ihr Römer seid ja geübt in dieser Teufelei." Er erschrak, als er begriff, was er wem gesagt hatte.

„Nun, in der Tat, wir Römer sind nicht zimperlich und recht fantasievoll, wenn es ums Töten geht. Das kann man täglich in den Stadien erleben, wo zum Tode Verurteilte den Löwen vorgeworfen oder von Elefanten zertrampelt werden. Ein gnädiger Tod ist, wenn sie von den Felsen in die Tiefe gestürzt oder gleich enthauptet werden."

Simon Petrus schauderte. „Warum erzählst du mir das alles?"

„Der Tod eures Herrn Jesus hat mich sehr ergriffen. Die Worte, die er vor seinem Tode sprach, die Anteilnahme, mit der er diesen jungen Mann Johannes seiner Mutter anempfahl und umgekehrt."

Einen Augenblick war es still. Eine Träne rann über die Wange des Simon Petrus.

„Du hast also seinen Tod direkt erlebt, Hauptmann?"

„Ja. Ich musste ihm die Seite durchstechen, um sein Ableben festzustellen. Sogleich flossen Blut und Wasser heraus."

Johannes nickte. „Ich habe es gesehen, Simon Petrus, und meine Mutter auch."

„Du warst ja leider nicht anwesend, Simon Petrus", fuhr der Centurio fort. „Niemand von euch Jüngern außer diesem jungen Burschen war dabei. Ihr habt euch verdrückt, ihr wart wohl unpässlich, oder?", grinste der Hauptmann und fuhr fort: „Ich bin hier, um Zeugnis abzulegen: Ich glaube fest, dass Jesus der Sohn Gottes ist."

„Du glaubst …" Simon Petrus stand da mit offenem Mund.
„Ja, ich bin davon überzeugt."
„Das sagt mir ein römischer Offizier? – Deiner Stimme nach bist du kein Hiesiger."
„Nein, aber auch kein waschechter Römer. Meine Heimat liegt jenseits der großen Alpen, in Germanien."
„Jenseits? Ist das ein großes Land? Ich frage wegen des Auftrags: ‚Geht hinaus in alle Welt …'"
Der Hauptmann sah Simon Petrus mitleidig an. „Ich habe vier Wochen Fußmarsch gebraucht, um nach Rom zu kommen."
„Rom! In dieses Sündenbabel hast du dich gewagt? Ich werde niemals nach Rom gehen! Dort sitzen die Hauptschuldigen, die dieses Land überfallen und unseren Herrn Jesus ans Kreuz geschickt haben."
Simon Petrus ging angewidert ein paar Schritte auf und ab. Dann blieb er vor dem Gast stehen. „Du hast mit denen also immer gemeinsame Sache gemacht? Das hätte ich dir nicht zugetraut, nachdem du ein so klares Zeugnis für unseren Herrn abgelegt hast." Er wunderte sich über seinen Mut.
Der Hauptmann wurde ernst. „Daher, woher ich komme, gab es beruflich keine anderen Möglichkeiten als Soldat zu werden und in römische Dienste zu treten."
„Ach!"
„Ich stamme aus Zöbingen bei Ellwangen im Schwabenland, wenn dir das etwas sagt."
„Es sagt mir nichts", erwiderte Simon Petrus. „Das liegt wohl am Ende der Welt."
Jetzt lachte der Hauptmann. „Nicht ganz", antwortete er, „aber nicht weit davon. Ich heiße übrigens Longinus."

Die Klausurtagung kam vorerst nicht zustande. Den zehn Jüngern war der Ausfall recht, sie hätten sowieso nicht gewusst, was sie in zwei, drei Tagen alles von sich geben sollten. Sie konnten mit den absonderlichen Vorschlägen des Simon Petrus ohnehin nichts anfangen. Pastorale Räume – Konzepte – Leitlinien – Profil. Das alles war Theorie. Glaubenszeugen, die sie sein sollten, sprachen über Jesus, so wie sie ihn erlebt hatten, und sie gaben durch ihr eigenes Lebensbeispiel eine Vorstellung von den Zielen, die der Herr in dieser Welt verwirklichen wollte. Das konnte auch Johannes mit seiner jugendlichen Stimme genau so wie der tiefbrummende, sehbehinderte Philippus. Viele von ihnen beklagten den Tod des Herrn, sie gingen täglich zu dem Grab, in das sie ihn nach der Kreuzigung gelegt hatten, und legten kleine Steine nieder, zum Zeichen, dass sie sich hier nach jüdischem Brauch an ihn erinnert hatten und ihm die Ehre geben wollten.
Der Heilige Geist ließ offenbar auf sich warten. Die Jünger konnten sich nicht vorstellen, wer das sein sollte und was er bewirken wollte. Von einem „Tröster" war die Rede gewesen, aber wen sollte er wie trösten? Sie hatten sich doch allmählich an den Weggang des Herrn gewöhnt. Oder war das jemand, der die verborgenen Wünsche eines jeden erfüllen würde, gleichsam als Belohnung für die treue Gefolgschaft, die sie Jesus erwiesen hatten? Die Familie, soweit die Jünger verheiratet waren, hatten sich mit der erneuten Abwesenheit ihrer Söhne, Männer und Väter abgefunden – bis auf Ava, die Schwiegermutter des Simon Petrus. Sie keifte in seiner Abwesenheit ständig ihrer Tochter Samira die Ohren voll, sprach von Scheidung von diesem Nichtsnutz, doch Samira, etwas stumpfsinnig geworden unter den ständigen Einflüsterungen ihrer Mutter, lehnte einen

solchen Schritt nicht zuletzt mit Rücksicht auf ihre Kinder entschieden ab. Im Stillen hegte sie die Hoffnung, dass aus ihrem Mann doch noch mal „etwas Gescheites“ werden würde.

Die Nachricht von der Verhaftung des geschätzten Joseph von Arimathäa machte unter den Jüngerinnen und Jüngern rasch die Runde. Die Juden, die für seine Festnahme gesorgt hatten, versuchten die Angelegenheit so weit wie möglich zu vertuschen, um keine Unruhe unter den Gefolgsleuten dieses Jesus, der sich doch tatsächlich Messias nannte, zu provozieren. Doch allmählich sickerte durch, was sich zugetragen hatte.
Joseph von Arimathäa war ein treuer Anhänger des Wanderpredigers und Wunderheilers Jesus von Nazareth. Dass er dem Herrn gewogen war und aufmerksam seiner Lehre anhing, bewies schon der Umstand, dass er sein Felsengrab für die Beerdigung zur Verfügung stellte. Er war es auch gewesen, der Jesus vom Kreuz hatte abnehmen helfen, wozu – Simon Petrus musste es zu seiner Schande gestehen – von den getreuesten Anhängern niemand auf der Bildfläche erschienen war. Nur die drei Marien waren Zeuginnen der Bestattungszeremonie gewesen. Joseph von Arimathäa hatte sich nämlich auf den Weg zu Pontius Pilatus gemacht und ihn um Freigabe des Leichnams gebeten. Um die leidige Angelegenheit endlich vom Tisch zu haben, hatte der römische Statthalter von Judäa sogleich zugestimmt. Ein Mann von gewissem Ansehen musste Joseph dennoch sein, mutmaßten die Jünger, denn wie es hieß, sei er ein wichtiges Mitglied im Sanhedrin, des altjüdischen Gerichts in Jerusalem, und Stadtrat.
Seit Kurzem aber saß dieser ehrenwerte Mann im Gefängnis. Die Anklage lautete auf „Raub“.

„Was soll er denn geraubt haben?“, erkundigte sich Thomas, der alles hinterfragte.
„Na, was wohl! Unseren Herrn natürlich!“, rief Simon Petrus und zeigte sich betroffen über die Kurzsichtigkeit seines Mitbruders.
„Das kann ja jeder behaupten. Und zudem ist es unlogisch.“
„Wieso?“
„Wieso lässt ein Mann einen Leichnam in seinem Privatgrab bestatten, sucht deshalb sogar zuvor die Höhle des Löwen auf, um die Herausgabe zu erbitten, und stiehlt ihn dann nach zwei Tagen?“
Simon Petrus zupfte an seinen Barthaaren. „Wenn ich es von dieser Seite bedenke, könntest du recht haben.“
„Du kannst es aber auch von einer anderen Seite aus bedenken.“
„So?“
„Ja. Wir wissen, dass Jesus von den Toten auferstanden ist. Ich selbst, der das Wunder zunächst nicht begreifen wollte, durfte meine Hand an das Wundmal des Herrn in seiner Seite legen. Ich gebe zu, ich habe nie etwas Gewaltigeres und Erhabeneres erlebt als diesen Augenblick. Und zugleich war ich tief beschämt. Jesu Worte: ‚Sei nicht ungläubig, sondern gläubig‘, werde ich nie vergessen. – Wenn die Juden dem guten Joseph jetzt einen Raub angehängt und ihn deshalb verurteilt haben, so doch nur deshalb, weil in ihren Augen die Auferstehung nicht stattfinden durfte. Versteht ihr?“
Simon Petrus pfiff durch die Zähne. „Du bist ja ein Neunmalkluger, Thomas. Ich habe dich unterschätzt. Was sollten wir deiner Meinung nach tun?“
Thomas grinste. Er sah in die Runde und blickte in die

neugierigen Gesichter seiner Mitbrüder. Die nickten. Offenbar ahnten sie bereits, was Thomas vorschlagen würde.
„Wir hauen Joseph raus!"
Die Jünger klatschten in die Hände.
„Dann haben wir wieder die Römer am Hals", gab Simon Petrus zu bedenken, „oder die fanatischen Pharisäer."
„Wir werden doch nicht offiziell vor dem Gefängnistor erscheinen, gegen das Portal klopfen und sagen: ‚Heraus mit Joseph von Arimathäa.' Sondern wir werden die Sache geschickt einfädeln. Am Ende wird uns niemand der Entführung verdächtigen."
„Du könntest bei Longinus ein gutes Wort einlegen. Er ist immerhin Hauptmann und befehligt eine Kohorte. Vielleicht würde er die Sache in die Hand nehmen."
Der junge Johannes, so tapfer er unter dem Kreuz ausgeharrt und die schrecklichsten Stunden seines bisherigen Lebens erlebt hatte, wusste um die Unentschlossenheit und Ängstlichkeit der übrigen Jünger und hätte den Plan lieber in geschickten Händen gewusst, doch Simon Petrus meinte unter der Zustimmung der übrigen, Longinus habe sich erst jüngst tapfer zu Jesus von Nazareth als Sohn Gottes bekannt. Es sei nicht gut, ihn durch Einmischung in Gefahr zu bringen. Schließlich fordere der römische Staat auch von seinen Soldaten ein Treuebekenntnis zu seinen Göttern.
Darauf meldete sich Judas Thaddäus zu Wort. „Es ist nicht ganz unser Stil, meine Mitbrüder, aber wir müssen uns auch dunkler Mächte bedienen, um zum Ziel zu kommen."
„Rede nicht in Rätseln. Was meinst du?" Alle waren ganz Ohr.
„Dieser lausige Pontius Pilatus – möge er einst in der

Hölle schmoren – hat die johlende Meute beim Prozess gegen Jesus vor die Wahl gestellt, entweder ihn oder Barabbas freizugeben. Barabbas, der Aufwiegler und Verbrecher, kam frei. Er überlebte. Vielleicht hat er so viel Ehr- und Dankgefühl gegenüber seinem Mitangeklagten Jesus und hilft, Joseph von Arimathäa aus dem Gefängnis loszueisen."

Einen Augenblick war es still. Die Szene stand ihnen deutlich vor Augen, wie Pontius Pilatus seine Stimme erhob und die Begnadigung dieses Mörders verkündete. Ehrlich gesagt, sie hatten es ja nur von Weitem miterlebt, denn in die ersten Reihen vor dem Richterstuhl des Statthalters getrauten sie sich nicht. Sie wollten nicht erkannt werden ... Jedoch die Frauen, die beherzten und mutigen Frauen, standen vorn und weinten. Viele weinten damals. Sie, die Jünger, aber waren feige gewesen.
Wo sollte man diesen Halunken Barabbas finden? Er saß gewiss nicht vor einem der Stadttore und wartete auf Arbeit.
„Der ist doch längst über alle Berge!", meinte der Sohn des Zebedäus, Johannes.
„Das ist eine berechtige Annahme", stimmte Bartholomäus zu. „Doch manchmal warten Verbrecher seelenruhig dort die Zeit bis zur nächsten Gelegenheit zum Mord und Diebstahl ab, wo man sie nicht vermutet: Mitten unter dem Volk, im Herzen der Stadt. Natürlich in einem guten Versteck."
Diese Theorie war nicht ganz abwegig und Simon Petrus beschloss, sie näher zu erörtern. Am Ende kamen sie überein, Simon Kananäus, auch der Zelot genannt, zeitweise ein Mann von großer Entschlossenheit und Spannkraft, dann wieder ein Angsthase, auf die Suche nach Barabbas zu schicken.

In der dritten Nacht hatte er Glück. Unbemerkt von anderem dunklen Gesindel, das sich in den Gassen Jerusalems herumtrieb, kam er mit einem Mann ins Gespräch, der Barabbas kannte und ihn gegen ein gutes Trinkgeld zu ihm führen wollte.
Barabbas saß in einem Raum, zu dem eine steile Steintreppe in die Tiefe führte und spielte Karten mit einigen seiner Spießgesellen. Seitlich führte ein schmaler Durchgang in das unterirdische Kanalsystem, durch das man im Notfall schnell entweichen konnte. Oben an dem als normale Wohnungstür getarnten Eingang standen zwei Männer, die sich unterhielten, dabei die Gasse aber unauffällig beobachteten.
„Wen bringst du mir heute?", fragte Barabbas den Mann, der als Führer gedient hatte. Als er erfuhr, welchen Auftrag er ausführen sollte, war er zunächst nicht begeistert. „Ich habe mit dem Innenleben der Jerusalemer Gefängnisse schon mehrfach Bekanntschaft gemacht", schnaubte er. „Ich habe immer alle Kraft darauf verwendet, aus den Löchern herauszukommen. Jetzt soll ich sogar in ein Gefängnis einbrechen und einen Mann kidnappen?" Doch dann zeigte er sich plötzlich von einer unbekannten, milden Seite. „Ja, es war scheußlich, damals. Ich weiß doch, was ich auf dem Kerbholz habe, und dann kommt so ein armes Würstchen, das nichts Böses getan hat, vor Gericht und wird gegen mich aufgewogen. Tief unten in meiner Seele, denn ich habe allem Bösen zum Trotz noch eine Seele, also, tief da unten habe ich nämlich ein Gerechtigkeitsgefühl, und das sagte mir, das ist eine Schweinerei, was dieser Römer auf dem Richterstuhl da ausheckte. Ja, so war das. Also, ich mache mit. Sogar umsonst. Doch meine Leute tun nichts ohne Belohnung, versteht sich. Bring mir also 30 Denare. – Kannst du die auftreiben?", fragte er den

Zeloten. Simon, durch die Zahl dreißig an die dreißig Silberlinge des Verräters Judas Iskariot erinnert, zuckte die Schultern. „Ich denke, es wird gehen. Aber ich muss sicherheitshalber erst meinen Auftraggeber fragen. Morgen lasse ich es dich wissen."
„He, he, Bürschchen. So haben wir nicht gewettet. Wer sagt mir denn, dass du nicht ein Spitzel bist und später mit einem Rudel Wölfe hier erscheinst, das mich wieder hinter schwedische Gardinen verfrachtet? Gib mir die Ehre und bleibe hier."
Jetzt war Barabbas wieder ganz der Alte, der Aufwiegler und Verbrecher. Seine Augen, eben noch von mildem Glanz, blickten den Besucher listig und fordernd an. Dann drängte er Simon Kananäus auf seinen Platz zurück. „Dein Begleiter wird deinen Auftraggeber gern aufsuchen und ihm von unserem Treffen berichten. Hat er das Geld, so bist du keine Geisel mehr und wir besprechen die Befreiungsaktion."
Der V-Mann grinste, er gab dem Zeloten einen freundschaftlichen Klaps auf die Schulter und trollte sich. Barabbas zog seinen Gast in einen Nebenraum und schloss die Tür.
„Die Kinder des Reiches sind oft klüger als die Kinder des Lichtes", seufzte Simon Petrus, als er erfuhr, was vorgefallen war.
„Wir können beide nicht im Stich lassen, weder Joseph von Arimathäa noch Simon, den Tollpatsch. Dieser Barabbas ist mit allen Wassern gewaschen und uns meilenweit überlegen." So lautete auch die allgemeine Meinung der Jünger.
„Es wäre aber schlimm, wenn wir unsere Genialität an der eines Räubers und Mörders messen müssten", bemerkte Jakobus, der Sohn des Alphäus. Matthäus grinste hinter Judas Thaddäus' Rücken.

Derweil saß Joseph von Arimathäa im Gefängnis und grübelte darüber nach, wie seine Zukunft aussehen könnte, die er hinter den vergitterten Fenstern verbringen sollte. Vierzig Jahre – so lautete die Strafe. Das hieß, er würde hier nicht mehr herauskommen, denn er befand sich ja bereits im Greisenalter. In der Nacht befiel ihn ein seltsamer Traum. Jesus erschien im Kerker und überreichte ihm einen Kelch. „Du musst ihn hüten", sagte er, „du bist dafür verantwortlich. Wenn du an mich glaubst, wirst du die Kerkerzeit überstehen." Jesus löste sich in Nebel auf. Dafür erschien eine Taube und legte ein Stück Brot auf den Kelch. Waren Kelch und Brot als himmlische Speise himmlische Wegzehrung aus der Hand des Sohnes Gottes? –
Das Geld hatten die Jünger bis zum nächsten Mittag zusammen. Philippus suchte eine wohlhabende Tante in Bethanien auf, deren inzwischen verstorbener Mann früher eine Kamelkarawane besessen hatte und durch den Handel mit Weihrauch reich geworden war. Ihr luchste er unter fadenscheinigen Gründen einen Batzen Geld ab.
„Wozu brauchst du denn diese hohe Summe, lieber Neffe?"
„Du bist doch eine fromme Jüdin, liebe Tante. Übergibt man dem Hohepriester ein größeres Geldopfer für den Tempel, so soll man nicht darüber sprechen, um nicht die Sünde der Hoffart zu begehen."
„Ach, es handelt sich um eine Spende?"
„Ja, liebe Tante."
Die Tante faltete die Hände. „Ich wollte nicht in dich dringen, verzeih. Hat mir die Neugier doch wieder einen Streich gespielt."
„Ja, Tante."
„Ja, aber wenn du das Geld dem Tempel übergibst,

dann ist es doch eigentlich mein Opfer, oder? Würdest du dem erlauchten Kaiphas einen schönen Gruß von mir bestellen und den theologischen Sachverhalt klären?"
Philippus drängte nach draußen.
Diesmal begleiteten Simon Petrus und sein Bruder Andreas den Verbindungsmann zu Barabbas.
„Entsetzlich, dass ich mit einem Mann ins Geschäft kommen muss, der anstelle unseres Herrn freigelassen wurde. Was für eine verdorbene Welt!" Simon Petrus konnte sich auf dem Weg durch die Dunkelheit in die abgelegene Gasse nicht beruhigen. Andreas musste ihn mehrmals zurückhalten, damit der Führer nicht mitbekam, worüber sie sprachen.
Barabbas nahm das Geld, zählte es nach und gab sich zufrieden. Simon Kananäus wurde aus dem Nebenraum hereingeführt. Er sah bleich aus, aber es war ihm erträglich ergangen.
„Die Sache wird nicht ganz einfach", begann Barabbas das Verhandlungsgeschäft. „Wenn der Boden zu heiß wird" – er machte das Zeichen des Halsabschneidens – „müssen wir auch Mord in Betracht ziehen."
„Mord?"
„Was denkst du nur? Was soll ich deiner Meinung nach tun, wenn die Wärter auf uns einstürmen?"
„Also, dann willst du ihnen die Kehle durchschneiden?"
Barabbas lachte. „Nein, natürlich nicht! Wir schlagen sie nur mit der Keule tot."
Die Kerze auf dem Tisch flackerte, als der Räuber die Faust hob und auf einen imaginären Gefängnisaufseher niedersausen ließ.
„Das wollen wir nicht", rief Simon Petrus, „es darf durch uns niemand zu Tode kommen."
„Durch euch kommt ja auch niemand zu Tode. Ihr über-

lasst uns die Drecksarbeit, uns, den ‚Messerschwingern'. Aber das ist in Ordnung. Dazu sind wir ja da. Ihr wollt doch diesen Joseph von Arimathäa in Freiheit sehen, oder?"
„Ja, unbedingt. Er wurde unschuldig eingelocht."
„Das weiß ich. Ich habe noch meine Verbindungen zu der alten Gefängnisclique. Man hat ihm im Gericht vierzig Jahre aufgebrummt. Der kommt zu Lebzeiten nicht mehr raus. Wollt ihr, dass euer Freund im Kerker versauert und verschimmelt?"

Durch diese und andere unvorhergesehene Ereignisse kam die Klausurtagung immer noch nicht zustande. Alle, bis auf Simon Petrus, waren damit einverstanden. Sofern sie es nicht weit bis nach Hause hatte, wanderten sie wieder heim, mussten sich jedoch, so wurde es vereinbart, „abrufbereit" halten. Simon Petrus blieb in Jerusalem. Was sollte er auch zu Hause? Samira, im Banne ihrer Mutter, würde kaum auf seine Wünsche eingehen, und von Jesus und seiner frohmachenden Botschaft verstand sie ohnehin nichts. Nun ja, einmal hatte Jesus ihre Mutter gesund gemacht. Gesund wäre sie wahrscheinlich auch von allein geworden, denn sie war zäh wie Leder. „Die hat Haare auf den Zähnen", hatte damals einer der Jünger Jesu gesagt, der ihr den Steinfußboden im Hauptraum mit seinen staubigen Sandalen verdreckt hatte und dafür ausgeschimpft worden war.

Simon Petrus quartierte sich bei den drei Marien ein, die in diesen schweren Zeiten nicht auseinandergehen wollten und eine Kommune gebildet hatten. Hier konnte der Schlüsselverwalter unterkriechen. Er beneidete seinen Bruder Andreas, der wahrscheinlich jetzt wieder die Freuden des Familienlebens genoss und zum Fischfang hinausfuhr.

Maria Magdalena war von Simon Petri Anwesenheit nicht sonderlich begeistert. Wie oft waren sie aneinandergeraten, wenn sie mit dem Herrn Jesus unterwegs gewesen waren, wie oft hatte er sie aus der Gemeinschaft verdrängen wollen. Das hatte einmal mit Marias früheren Lebenswandel zu tun, den Simon Petrus auch nachträglich nicht guthieß, der jedoch für Jesus kein Hinderungsgrund gewesen war, sich ihrer anzunehmen. Zum anderen hatte er schon aus Prinzip eine gewisse Abneigung gegen die gute Freundin

seines Meisters, einmal, weil er Frauen grundsätzlich nicht hoch einschätzte, zum andern, weil er eifersüchtig war, Jesus könne Maria Magdalena ihm vorziehen. Sie wusste manches, was er nicht wusste und vom Herrn auch nicht erfahren hatte. Einmal hatte er gesagt: „Der Menschensohn ist inwendig, in euch. Ihm sollt ihr nachgehen. Wer ihn sucht, wird ihn finden. Geht also und predigt das Evangelium der Herrschaft Gottes!" Das Wort hatten sie nicht verstanden, doch Maria Magdalena konnte es nachvollziehen. Denn ihre Seele war ganz auf Jesus ausgerichtet und nicht auf irdischen Wohlstand, den manche Brüder erhofften. Sie hatte auch nicht verstanden, dass sich die Jünger darüber stritten, wer wohl der Größte im Himmelreich sei. Jesus hatte darauf ein Kind in ihre Mitte gestellt und gesagt: „Wenn ihr nicht werdet wie die Kinder, so könnt ihr nicht in das Himmelreich eingehen."
Solange Simon Petrus also in der Kommune bei den drei Marien lebte, von ihnen sogar mit bekocht wurde, hielt er sich mit abträglichen Worten über Frauen und erst recht über Maria Magdalena zurück. Vielleicht kam die etwas negative Einstellung zum weiblichen Geschlecht von seinen häuslichen Erfahrungen. Die Einmischung seiner Schwiegermutter Ava in sein Familienleben konnte er nicht ertragen.
„Du kannst dich nützlich machen und einmal täglich zum Brunnen gehen", schlug Maria Salome vor.
„Wer? Ich?"
„Ja, du."
„Ich bin doch ein Mann!"
„Na und? Es bricht dir kein Zacken aus der Krone, wenn du uns diese Arbeit abnimmst."
Die „drei Marien" lachten. Nur gut, dass die vierte Maria, die Schwester des Lazarus, nach Bethanien zurück-

gekehrt ist, überlegte Simon Petrus, sonst würden sie zu viert über mich herfallen.
Ungewohnt, Anweisungen von Frauen entgegenzunehmen, nahm Simon Petrus widerwillig zwei lederne Eimer und ging auf die Straße hinaus. Die Wasserstelle für das ganze Stadtviertel lag etwa dreihundert Schritt von der Wohnung entfernt. Es standen nur Frauen an der Zapfstelle. Simon Petrus drängte sich in die Reihe der wartenden Menschen.
„He, he, wie haben wir es denn? Schön hinten anstellen, wie sich das gehört!“, erboste sich die Frau, vor der er sich aufgebaut hatte.
Simon Petrus warf ihr einen Blick zu, der Bände sprach, dann schnappte er seine Eimer und trollte sich an den Schluss. Es war ein heißer Tag. Die Sonne brannte wie schon lange nicht mehr, die Luft flirrte und die Augen schmerzten. Simon Petrus war kahlköpfig. Ich hätte meinen Hut mitnehmen müssen, überlegte er. Nun werde ich einen Sonnenbrand bekommen, und wenn die Prozedur hier noch lange dauert, einen Sonnenstich. Nach ihm kam ein Mann, der bessere Kleidung trug als er. Sein Gewand war aus feinem Leinen, nicht aus grobem Tuch wie das seine. Man sah dem Fremden an, dass es ebenfalls für ihn ungewohnt war, sich am Brunnen anzustellen. Alle drehten sich nach ihm um.
„Auch neu in der Gegend?“, fragte er.
Simon Petrus bejahte. „Aber nur vorübergehend.“
„Du Glückspilz. Ich habe ein Haus für meine Familie und mich gekauft und muss mich erst akklimatisieren. Beruflich und menschlich. Nun hat sich zu allem Überfluss meine Frau den Fuß gebrochen. Und eine Haushaltshilfe haben wir noch nicht. Also muss ich einspringen und diese niedrigen Dienste tun.“
„Ja, ja, ein Unglück kommt selten allein“, sagte Simon

Petrus mitfühlend. „Ich wünsche dir, dass du schnell heimisch wirst."
„Das werde ich nie – unter diesen stocksteifen Pharisäern."
Simon Petrus zuckte zusammen. Immer wenn er den Namen dieser Religionsgruppe hörte, mit der Jesus die meisten Auseinandersetzungen geführt und die ihn schließlich ans Kreuz gebracht hatte, bekam er Herzrasen.
„Ist dir nicht gut?", fragte der Fremde.
„Die Hitze", log Simon Petrus.
„Verstehe. Weißt du, man fühlt sich dort am wohlsten, wo man unter Seinesgleichen ist, habe ich nicht recht?"
Simon Petrus nickte.
„Du bist wohl auch kein Pharisäer, wie ich vermute. Ich habe es gleich bemerkt. Du bist ein Studierter, ein Menschenkenner, eine Führernatur."
Simon Petrus wuchs um ein paar Zentimeter.
„Die Pharisäer leben nur nach den Buchstaben des Gesetzes. Das Gesetz läuft praktisch vor ihnen her und zeigt ihnen an, was sie tun dürfen und zu lassen haben. Schrecklich! Da ist ja keine eigene Gewissensentscheidung mehr möglich."
Simon Petrus fühlte sich allmählich durch das Gespräch bedrängt. Er wäre am liebsten aus der Reihe ausgeschert. Er blickte nach vorn. Standen da doch tatsächlich zwei Weiber an der Winde und unterhielten sich, ohne das Seil zu betätigen. Simon Petrus wollte den beiden den Marsch blasen, aber der vornehm gekleidete Herr hielt ihn mit seinen Blicken fest.
„Ja, die Pharisäer", begann er erneut. „Ich hatte die Ehre, mit einem Mann bekannt zu werden, einen Arzt und Lehrer, der gegen die Gesetze der Pharisäer manches kühne Wort wagte. Er gab viele Beispiele dafür,

warum die Gesetze nicht wortwörtlich ausgelegt und befolgt werden müssten. Etwa, einen Esel ziehe man doch auch am Sabbat aus dem Brunnen und warte nicht, bis er am jom rischon, am Sonntag, ersoffen sei. Den Satz habe ich mir gemerkt: ‚Das Gesetz ist für die Menschen da, aber die Menschen nicht für das Gesetz.' Diese kurzsichtigen Pharisäer haben nicht eher Ruhe gegeben, als bis sie diesen Arzt und Lehrer auf dem Kalvarienberg am Kreuz hängen sahen. – Hast du nie von ihm gehört …?"

Auf Petri Augen senkte sich sekundenlang ein schwarzer Schleier. Jedoch ebenso schnell war er wieder verschwunden. Kein Zweifel, mit Arzt und Lehrer war sein Herr und Meister gemeint! Sollte er, Simon Petrus, sich jetzt wieder herausreden: ‚Ich kenne den Menschen nicht.'? Und würde der Hahn dann abermals krähen?

„Du sprichst von Jesus von Nazareth."

„Richtig, Herr! Dass mir der Name aber auch nicht einfallen wollte! Du scheinst ihn auch gekannt zu haben."

„Ja, ich kenne ihn, aber ich glaube, Jesus kennt mich besser. Ich gehöre zu seinen Jüngern. Er hat mich sogar zum Anführer seiner Anhänger bestimmt."

Nun war es heraus. Simon Petrus blickte sich um und dann den Fremden an. Der lächelte, ohne eine große Überraschung zu zeigen.
„Zu dieser Bekanntschaft kann ich dich nur beglückwünschen. Du wirst viel von ihm gelernt haben. Auch ich glaube an vieles, was er gesagt hat. Doch nicht an alles."
Die Reihe am Brunnen rückte vor, und für einen Augenblick musste die Unterhaltung unterbrochen werden.
Dann sagte der Fremde: „Weißt du, die Lehre von der Auferstehung lehne ich wie meine Glaubensbrüder ab. Wir glauben nicht daran und an ein Weiterleben nach dem Tode. Ich gehöre nämlich zu den Sadduzäern."
Bei Nennung dieses Namens bekam Simon Petrus trotz der Hitze eine Gänsehaut. Er wusste, dass die Sadduzäer die mächtigste jüdische religiöse Gruppe und trotz ihrer geringen Zahl von großem politischen Einfluss war und mit römischer Billigung ihre Macht ausübte. Mit den Pharisäern lag sie oft im Clinch. Ihr Name leitete sich von einem Priester aus den Tagen des Königs Salomon, Zadok, ab. „Wir glauben auch nicht an Engel und an die Unsterblichkeit der Seele", fuhr der Fremde fort. „Doch stimmen wir mit den Aussagen Jesu in manchen Punkten überein. Nur eines missfiel uns: Dass er in den Tempelkult eingriff und die Händler vertrieb. Nun, die Auswüchse dort waren auch uns längst ein Dorn im Auge, aber durch sein Vorgehen wurden unsere Interessen bedroht. Denn der Dienst im Tempel ist unsere Sache, so wie wir auch die Hohepriester stellen und im Hohen Rat eine wichtige Stimme haben."
Simon Petrus nickte. Er legte sich gerade eine passende Antwort zurecht, als er gefragt wurde: „Wie hast du und deine Glaubensgenossen den Tod Jesus aufgenommen? Es muss doch ein Schock gewesen sein, oder?"

„Der Tod gewiss. Aber seine Auferstehung und Himmelfahrt hat uns aller Zweifel enthoben: Er war der Sohn Gottes!“
In Simon Petrus jubelte es plötzlich, als habe seine Seele einen gewaltigen Luftsprung gemacht. Ein klares Bekenntnis zum Herrn und Meister dreier langer und wechselvoller Jahre! Simon Petrus sah den Sadduzäer an und der ihn. „Du weißt ja, dass deine Antwort meiner Glaubensrichtung total widerspricht. Aber ich möchte deine Auffassung nicht beeinträchtigen. Denn du hast diese Worte so fest und überzeugend gesagt, dass ich an deiner Aufrichtigkeit keinen Zweifel habe. – Ach, mein Lieber, wir sind an der Reihe, das Wasser zu schöpfen. Bitte, nach dir.“
„Nein, nach dir!“
„Aber ich bitte dich!“
„Du warst zuerst hier.“
„Nun, da wir uns so gut unterhalten haben, schöpfen wir gemeinsam. Das Wasser ist neutral. Ist allgemein. Es soll dir und mir zum Nutzen sein.“
Als Simon Petrus nach Hause kam und die beiden ledernen Eimer abstellte, stand Maria Salome in der Tür. Hier wimmelt das Haus von Marien, stellte Simon Petrus fest.
„Na, einen kleinen Schwatz gehalten?“
„Woher weißt du?“
„Nun, alle reden am Brunnen miteinander und tauschen Neuigkeiten aus.“
Simon Petrus erzählte, dass er dort einen Sadduzäer getroffen und sich mit ihm angeregt unterhalten habe. Maria Salome war Witwe des Zebedäus und Mutter der Jünger Johannes und Jakobus des Älteren. Sie stand mit den anderen Marien und mit ihrem Sohn Johannes unter dem Kreuz und war auch Zeugin des leeren Gra-

bes gewesen. Ihren Mut hatte die Jüngerin Jesu hinreichend bewiesen, doch jetzt, nachdem sie den Bericht des Simon Petrus gehört hatte, mahnte sie zu mehr Vorsicht gegenüber den Sadduzäern. Man wisse nie, wie sie sich verhielten, auch wenn sie sich jovial und entgegenkommend zeigten. Denn oberstes Gebot ihres Handelns sei der eigene Vorteil. Die Römer ließen sie gewähren, solange sie sich aus der Politik heraushielten.

Es gab zwei Gefängnisse in Jerusalem. Das eine befand sich südlich der Altstadt am Osthang des Zionberges. Es war in erster Linie für politische Häftlinge und Staatsverbrecher vorgesehen. Das andere lag seitab im Kidrontal. Hier hörte man die Schreie der Gefangenen nicht, wenn sie gefoltert wurden. Der Hohe Rat hatte dafür gesorgt, dass Joseph von Arimathäa nicht im politischen Gefängnis inhaftiert wurde, obgleich dort sein Platz gewesen wäre, sondern in dem anderen. Das war weniger auffällig. Denn viele Anhänger des Jesus von Nazareth fragten sich, wo dessen Freund, Joseph von Arimathäa, und ein angesehener Bürger zugleich, geblieben sei, da man ihn im Stadtbild schon eine Weile nicht gesehen hatte.
Barabbas hatte schon am nächsten Tag herausgefunden, wo der Freund und Jünger Jesu einsaß. Seine Befreiung würde nicht einfach sein. In der Stadt gab es zahlreiche Geräusche, auch nachts, die den Laut der Einbruchwerkzeuge verschlucken würden. Im abgelegenen Kidrontal aber hörte man nachts nur das Säuseln des Windes oder den Ruf eines Uhus.
„Wir können die Hämmer und Zangen doch nicht mit Lappen umwickeln", sagte einer der Ganoven, der den schönen Namen Raphael trug.
Während Barabbas darüber nachsann, ob es sich hier um Einbruch- oder Ausbruchwerkzeuge handele, kam ihm eine ganz andere, und, wie er fand, glänzende Idee.
„Wir spielen Verhaftung! Wir besorgen uns einige Uniformen der Polizei und tun so, als lieferten wir nachts einen Dieb ins Gefängnis ein. Damit ist uns der Zugang sicher. Alles Weitere wird sich finden."
Die Kumpane waren verblüfft. Mit manchen Möglichkeiten hatten sie gerechnet, mit dieser nicht.
„Wen liefern wir denn ab, Barabbas?"

„Dich, Benjamin."
„Mich?"
„Ja."
„Und dann lasst ihr mich in der Höhle des Löwen sitzen?"
„Schrei nicht so laut, Junge. Ich bin ja nicht taub. Natürlich bleibst du nicht dort. Wegen der Einlieferung eines vermeintlichen Diebes wird nicht das ganze Gefängnispersonal rebellisch, sondern sie schicken höchstens ein, zwei Mann an das Tor. Diese Wachleute legen wir um, das heißt, wir chloroformieren sie mit unseren Keulen. Dann schnappen wir uns die Schlüssel und suchen die Zelle des Joseph von Arimathäa."
„Hoffentlich finden wir sie in der Dunkelheit."
„Keine Sorge, Joshua. Wir warten bis übermorgen. Dann ist Vollmond und die Flure liegen im Licht. Das Gefängnis hat nur siebzehn Zellen, außer der Folterkammer."
„Du bist gut informiert", lachte Ruben.
„Ich kenne mich dort aus. Ich war dort dreimal zu Hause."
An die Uniformen der Polizei zu kommen, war nicht schwer. Barabbas kannte ein früheres Bandenmitglied, das sesshaft und ehrlich geworden und nach einer Bewährungszeit in den Polizeidienst übernommen worden war. Natürlich war eine längere Resozialisierungsmaßnahme römischer Art vorausgegangen. Die Narben der Striemen waren noch zu sehen. Dieser einstige Kumpel war Barabbas noch einen Gefallen schuldig.
„Ich lasse die Tür zur Kleiderkammer zehn Minuten unverschlossen", sagte der einstige Ganove. „Macht von außen ein paar Kratzer an die Tür, damit es nach Einbruch aussieht. Mich selbst seht ihr nicht, damit ich nicht in Verdacht komme. Aber verschwindet so

schnell wie möglich. Wenn ich den Diebstahl bemerke, mache ich ein Heidengeschrei. Dann müsst ihr über alle Berge sein."

Barabbas liebte die Nacht, sie war die treue Gefährtin seiner Taten. Die Grillen zirpten, ein paar Glühwürmchen durchschwärmten die Luft.

„Es kommt mir vor, als machten wir einen Erholungsspaziergang", sagte er. Sieben seiner Gefolgsleute, in der Mitte der unglücklich wirkende Benjamin, begleiteten ihn. Als Barabbas an das Gefängnistor klopfte und der Wärter nach ein paar Rückfragen öffnete, war der erste Teil der Entführung bereits Geschichte. Sie fanden Joseph von Arimathäa in der dritten Einzelzelle. Er schlief auf einem Strohsack. Jakob, den sie den „Eisenbeißer" nannten, weckte ihn unsanft und riss ihn von seiner Pritsche. „Los, komm. Dein letztes Stündlein hat geschlagen. Dein letztes im Gefängnis", fügte er grinsend hinzu.

Joseph konnte nicht schnell genug laufen. Er war ein älterer Herr. Also schnappten sie ihn sich unter den Armen und zogen ihn nach draußen. Unter dem Maulbeerbaum stand ein Karren. Der Kutscher wartete ungeduldig. Barabbas schlug dem Esel auf die Hinterbacken und alsbald setzte sich das Gefährt mit seiner kostbaren Fracht über Schleichwege in Bewegung. Die Bande zerstreute sich.

Die Wohnung der drei Marien platzte aus allen Nähten. Nachdem nun auch Joseph von Arimathäa eingezogen war, wurde es eng. Simon Petrus musste sein Zimmer teilen. Er tat es gern, auch wenn er befürchten musste, dass er im Schlaf redete und der bei ihm einquartierte Gast etwas mitbekam. Joseph von Arimathäa war geschwächt, er schlief viel und musste sich nach den Mahlzeiten immer wieder aufs Ohr legen.

Simon Petrus nutzte die Gelegenheit, von ihm zu erfahren, wie er Jesus kennengelernt, welche Gespräche sie miteinander geführt hatten und ob seine Lehre in Zukunft wohl eine Chance habe, in der ganzen Welt verbreitet zu werden. Joseph von Arimathäa gab bereitwillig Auskunft, erklärte, dass er von Jesu Auftritt und Ausstrahlungskraft beeindruckt, von seiner Lehre völlig überzeugt, von seinem Umgang mit Menschen seelisch angerührt gewesen und deshalb ein glühender Verehrer geworden sei. Die Lehre sei gerade auf die Ärmsten der Armen so zugeschnitten, dass sie, die am Rande der Gesellschaft stünden, aufgewertet würden und ein menschliches Antlitz bekämen.

Selbst im Tod, so bezeugte der Gast, habe Jesus noch Liebe ausgestrahlt, als er den zweiten, den reuigen Schächer, der neben ihm gekreuzigt wurde, das Paradies versprochen habe. Doch davon – das musste Simon Petrus zu seiner Schande gestehen – wusste er nichts, und die „drei Marien" hatten ihm, so gesprächig sie sonst waren, nichts berichtet. Er schämte sich immer mehr, dass er nicht auf der Richtstätte ausgeharrt hatte wie der junge, bartlose Johannes, dem man so viel Mut gar nicht zugetraut hätte.

„Du fragst mich, als habest du erst jetzt von den Begleitumständen der Hinrichtung erfahren", wunderte sich

Joseph von Arimathäa. „Nun, ich habe dich unter dem Kreuz nicht gesehen, aber ich selbst stand ja auch in sicherem Abstand. Jedoch die Szene mit den Schächern Gestas und Dismas habe ich mitbekommen. Während der erste den Herrn beschimpfte, zeigte der andere Reue und beklagte seine Schuld. ‚Jesus, denk an mich, wenn du in dein Reich kommst'. Und Jesus antwortete: ‚Noch heute wirst du mit mir im Paradiese sein.'"

Es entstand eine Pause, die von der Stille des Raumes gefüllt wurde. Simon Petrus getraute sich nicht, weiter zu fragen. Zu offensichtlich war sein Fehlverhalten. Er, dem Jesus seine Anhänger anvertraut hatte, hatte in der geheiligten Sterbestunde versagt.

„Es gibt ein merkwürdiges Gerücht", begann Joseph nach einer Weile. „Man sagt, dieser Dismas habe viele Jahre zuvor die Heilige Familie, Joseph, Maria und das Kind, auf der Flucht vor Herodes nach Ägypten in seinem Hause aufgenommen. Damals war er wohl noch nicht auf die schiefe Bahn geraten."

Während sich die beiden Männer ernsthaft unterhielten, saß Maria Salome am Fenster neben der Haustür und beobachtete die Straße. Vielleicht war die Ankunft Joseph von Arimathäas in der Nacht von neugierigen Nachbarn beobachtet worden und sie hatten Spekulationen angestellt, wer da heimlich eingezogen sei. Immerhin hatte der Esel zweimal geschrien, weil der Fahrer des Karrens ihm auf der leicht ansteigenden Straße mit einer Silberdistel auf den Pelz gerückt war, um ihn zu größerer Eile anzutreiben. Es war klar, dass der Gast nicht im Hause bleiben konnte. Er war in Gefahr und mit ihm die ganze Hausgemeinschaft, die ihm Unterschlupf gewährte. Diese Gefahr wuchs, nachdem der Hohe Rat die römischen Behörden von der Befreiung des Gefangenen informiert hatte. Wer für diese Befreiungsaktion verantwortlich war, konnte bisher nicht geklärt werden, weil niemand wusste, wer davon profitieren würde. Der zu Boden geschlagene Gefängniswärter hatte zwar eine stattliche Beule, aber keine Erinnerung mehr an den Vorfall.

„Ich will in der Sache Jesus von Nazareth nicht mehr behelligt werden", erklärte Pontius Pilatus, als er von einem Vertreter des Sanhedrins über das Kidnapping in Kenntnis gesetzt wurde. „Meine Frau Claudia Procula ist mir schon vor der Verurteilung in den Haaren gelegen, ich solle mich aus dem religiösen Streit zwischen den Pharisäern und diesem Nazarener heraushalten. Seither habe ich Albträume, denn ich ahne, dass wir es hier mit einem Justizirrtum zu tun haben."

Der Abgesandte des Hohen Rates wollte widersprechen, doch der Präfekt schnitt ihm das Wort ab und wies ihm die Tür.

Die Hausbewohner kamen überein, Joseph von Arimathäa müsse so schnell wie möglich verschwinden. Doch wohin?

„Das Beste, du gehst außer Landes und bleibst nicht in Palästina."

„Das ist leichter gesagt als getan. Ich habe keine Verwandten mehr außer meinem Schwager Bron, den Fischer."

„Dann überzeug ihn, dass er mit dir geht."

Maria, die Mutter des Herrn, kam und legte ihre Hand auf Josephs Arm.

„Du hast meinem Sohn die letzte Ehre erwiesen. Das werden wir dir nie vergessen. Ja, befolge den Rat des Simon Petrus und flieh. Flieh über das Meer. Die Hand Gottes wird dich lenken und dich an einen Ort führen, wo du in Frieden leben kannst."

„Meinst du wirklich, dass ich das schaffe?"

Maria lächelte.

Johannes, der Lieblingsjünger Jesu, wohnte mit seiner Mutter Maria Salome und seinem Bruder Jakobus, dem Älteren, auf dem Land. Sie bewirtschafteten ein paar Felder, nachdem sie sich zuvor in der Fischerei versucht hatten. Nach dem Tode des Vaters Zebedäus hatten Johannes und Jakobus, die man gelegentlich die „Donnersöhne" nannte, weil sie so temperamentvoll waren, den Betrieb weitergeführt – bis der Prophet und Meister aus Nazareth gekommen war. Von ihm magisch angezogen, hatten die Brüder den Wein- und Olivenanbau aufgegeben und waren Jesus gefolgt, allerdings nicht ohne eine tüchtige Hilfskraft einzustellen, die der Mutter zur Hand ging. Sie hatte die Söhne schweren Herzens ziehen lassen, doch nachdem sie Jesus in ihrer Heimat Galiläa kennengelernt hatte, konnte sie die Begeisterung für ihn verstehen.

Die neue Hilfe hieß Sara, wegen ihrer schwarzen Hautfarbe auch „die Schwarze Sara" genannt. Woher sie genau stammte, war ungewiss, wahrscheinlich aus Ägypten. Da sie als Kind mit den Eltern viel herumgezogen war, wusste sie über ihre Herkunft wenig zu berichten. Sie war einfacher Herkunft, aber besaß ein weiches, aufgeschlossenes Gemüt. Die Frauen um Jesus, mit denen sie bald in Berührung kam, hatten sie schnell ins Herz geschlossen und zu ihrer Vertrauten gemacht. Manche Jünger nannten Sara auch wohl Sara-la-Kâli und hielten sie für eine Zigeunerin.

Der Boden war fruchtbar und er gab gute Erträge, so konnten sich Mutter und Söhne diese Aushilfe leisten. Während Jakobus schon so alt war, dass er seiner eigenen Wege ging, musste Johannes Maria Salome jedoch in die Hand versprechen, bei jeder sich bietenden Gelegenheit nach Hause zu kommen, nicht nur, um nach

dem Rechten zu sehen, sondern auch mit ihr, die in dieser abgelegenen Gegend wenig Gelegenheit zu guten Gesprächen hatte, Konversation zu betreiben.
Jesus war großzügig gewesen. Er schickte Johannes oft nach Hause, worüber sich die anderen Jünger mokierten. Sie sahen die Heimat weitaus seltener, aber sie waren ja auch sozusagen „in festen Händen", hatten eine Frau, teils auch schon Kinder sowie Verwandte und Nachbarn, mit denen sie gute Gemeinschaft pflegten.
„Das Milchgesicht hat mal wieder Heimweh", lästerte Philippus einmal, und Judas Thaddäus meinte, an Mutters Rockzipfel fühle sich Johannes am wohlsten. Das sagten sie jedoch nur einmal, denn Jesus war zornig geworden und hatte sie angefahren, ein solcher Ton gezieme sich unter Brüdern nicht.
Zwei Jahre ging das gut. Dann kam die überraschende Nachricht, dass die Römer ein neues Gelände für ihre militärischen Übungen beanspruchten und ein Augenmerk auf das Anwesen der Familie des Zebedäus geworfen hatten. Sollten die schönen Rebstöcke und die alten Olivenbäume verschwinden? Das Schlimmste war, dass die Römer das Gebiet nicht etwa kaufen, sondern schlichtweg requirieren wollten. Die Interessen des Staates seien höher einzustufen als die Angelegenheiten von Privatpersonen, hieß es. Es kamen Messtrupps, die das Gelände vermaßen, Pflöcke in den Boden rammten. Der Übergang vom Flachland in die Hügellandschaft schien besonders für den Drill der Rekruten geeignet zu sein.
Jakobus, Johannes und seine Mutter sahen, wie die Bäume gefällt und ein Teil der Rebstöcke aus dem Boden gerissen wurden. Es blieb ihnen nur noch der Weinanbau auf den Felsenterrassen, was äußerst mü-

hevoll war, und der Anführer der Auxiliartruppen, der ein mittledigeS Herz hatte, ließ am Rande ein paar der knorrigen Olivenbäume stehen. Doch drei Personen konnte die Landwirtschaft nun nicht mehr ernähren. Jakobus ging in die Stadt, suchte sich Arbeit und kam nur selten noch heim. Nach Jesu Himmelfahrt war Johannes jetzt fast ständig zu Hause, sodass er den Schmerz der Mutter über den Verlust des Eigentums teilen konnte. Sie erwog, für immer nach Jerusalem zu ziehen und bei Maria, der Gottesmutter, und Maria Magdalena zu wohnen. Der Ruf an Johannes zur Rückkehr in die Stadt blieb allerdings aus. Simon Petrus war offenbar mit anderen Dingen beschäftigt, und der verheißene Heilige Geist ließ auch auf sich warten.

Von nun an ertönten auf dem neuen Übungsgelände die Kommandos der Offiziere, und dreißig, vierzig Rekruten robbten durch den Staub. Manchmal waren die Wolken so dicht, dass man die geplagten Männer nicht mehr sehen konnte. Sie trugen volle Uniform, dazu ihre Waffen. Unter den Helmen rann der Schweiß hervor. Oft übten sie auch das Bogenschießen auf große Strohscheiben oder warfen ihre Lanzen nach einem der Baumstümpfe. Es gab Lob und Tadel, das hörte man aus den Tonlagen. Besonders einer der Offiziere besaß ein lautes Organ. Er gab jeden Befehl nur mit Geschrei. Dagegen fiel ihnen ein anderer Offizier, der jedoch nur ein-, zweimal die Woche als Ausbilder auf dem Truppenübungsplatz erschien, durch seine umsichtige Art auf. Seine Befehle waren bis zum kleinen Lehmhaus, in dem Johannes mit seiner Mutter wohnte, nicht zu hören. Seine Gestik war umsichtig und beschränkte sich auf wenige Zeichen. Die Soldaten verstanden ihn.

„Den Mann möchte ich mir gern einmal aus der Nähe anschauen", sagte Johannes. „Kommst du mit?"
Maria Salome wehrte ab. „Ich will mit dem Pack, das uns unser Eigentum gestohlen hat, nichts zu tun haben."
Johannes ging bis an die Pfosten, die das Übungsgebiet markierten, und schaute dem Exerzieren zu. Obgleich der Offizier einen Helm trug, der sein Gesicht nur schwer erkennen ließ, kamen ihm die Züge dieses Mannes bekannt vor, und plötzlich dämmerte es ihm: Das war doch Longinus, der Hauptmann, der ihm unter dem Kreuz Jesu begegnet war und den er Simon Petrus vorgestellt hatte. Als die Truppe ihre Übungen beendet hatte, rief Johannes: „Salve!", und verbeugte sich. Longinus blickte zu ihm herüber, stutzte, hielt die Hand über die Augen. Offensichtlich hatte auch er ihn erkannt. Dann kam er mit wehender Paenula, dem roten Militärmantel, auf ihn zu.
„Schön, dich wiederzusehen", rief Longinus. „Ich erinnere mich gern unserer ersten Begegnung."
„Es geht mir nicht anders", nickte Johannes. „Ich bin derzeit hier bei meiner Mutter, da die Jünger offenbar unschlüssig sind, was sie weiter tun sollen. Simon Petrus brütet etwas aus, aber wir wissen nicht, was."
„Simon Petrus ist mir der Rechte", lachte Longinus. „Ein gutmütiger Hitzkopf. Aber noch ohne Führungsqualität. Er sollte einmal in meine Schule kommen."
„Wir warten ja alle auf den verheißenen Heiligen Geist, der uns die Einsicht in das Geheimnis Gottes erschließt und uns lehrt, die Botschaft Jesu zu verkünden."
Longinus wiegte den Kopf. „Man sollte nicht zu lange warten, sondern die Initiative selbst ergreifen. Übrigens" – der Hauptmann blickte sich um – „ihr wohnt

auf einem schönen Plätzchen Erde. Hier könnte es mir auch gefallen."
„Es war einmal schön, als das Land, auf dem deine Soldaten jetzt herumstampfen, noch uns gehörte."
„Was du nicht sagst! Das habe ich nicht gewusst. Tut mir leid. Aber Beschlagnahmen sind römische Spezialität. Das gab es bei uns zu Hause nicht. Die Erde ist heilig."
„Bist du noch lange hier?", fragte Longinus, plötzlich das Thema wechselnd.
„Gewiss noch einige Tage, wenn Simon Petrus nicht ruft, warum?"
„Ich habe hier in der kommenden Woche wieder Dienst. Ich werde dir etwas Kostbares mitbringen."
Longinus hielt Wort. Als er kurze Zeit später vor dem Hause des Zebedäus erschien – Mutter Maria Salome war wieder für einige Tage in Jerusalem – hielt er eine gut verschnürte Stange in der Hand. Vorsichtig löste er das Packpapier und schälte eine Lanze heraus.
„Du weißt, was das ist?"
„Natürlich, eine dieser schrecklichen Waffen."
„Doch eine besondere. Mit dieser Lanze habe ich den Tod Jesu festgestellt, als ich ihm in die Seite stach. Ich habe es nicht übers Herz gebracht, sie noch einmal zu benutzen. Wie du siehst, ist die Spitze noch rötlich gefärbt – vom Blut Jesu."
Johannes schauderte. Er hatte die Szene deutlich vor Augen, als der Centurio zustach. Aber er hörte auch seine Worte: „Wahrlich, dieser Mann ist Gottes Sohn."
Johannes scheute sich zunächst, die Lanze in die Hand zu nehmen. Doch als Longinus sie ihm nachdrücklich reichte, griff er vorsichtig zu. Ein merkwürdiges Gefühl nahm von ihm Besitz. Er konnte es nicht erklären. Eine Waffe lag in seinen Händen, doch zugleich war mit ihr

auch das Bekenntnis eines Mannes verbunden, der tiefer geschaut hatte als die Neugierigen auf Golgatha.
„Du kannst die Lanze behalten, Johannes, aber halte sie in Ehren."
Johannes schreckte zurück. „Ich werde sie nicht annehmen können, denn, selbst wenn du dich von ihr trennen willst, sie gehört mir nicht allein, sondern allen Jüngern, vorab dem Simon Petrus. Er soll entscheiden, was mit ihr geschehen soll."
Der Hauptmann schüttelte den Kopf, verabschiedete sich und ging.

Johannes hielt das Geschenk für so bedeutsam, dass er sich am nächsten Morgen auf den Weg nach Jerusalem machte und Simon Petrus im „Haus der Marien" aufsuchte. Alle, die dort anwesend waren, waren ergriffen vom Anblick der Waffe, und alle äußerten einhellig die Meinung, sie müsse stets in Ehren gehalten werden. Dieser Centurio Longinus habe ein großartiges Zeugnis für den Glauben an Jesus als den Sohn Gottes abgelegt. Als Simon Petrus und Longinus sich einige Tage später in der Nähe des Palastes des Herodes zufällig auf der Straße trafen und Simon Petrus sich überschwänglich für die kostbare Gabe bedankte, meinte der Hauptmann, eigentlich gehöre die Lanze in die Mitte des Reiches, nach Rom, in die Weltstadt am Tiber. Doch davon wollte Simon Petrus nichts wissen.
„Rom wird keine Bedeutung für uns und die Glaubensausbreitung haben. Ich werde niemals nach Rom gehen! Rom ist keine Reise wert. Nein, in diesem Sündenbabel soll die Lanze nicht aufgehoben werden. Sie ist eine kostbare Reliquie."
Simon Petrus ging nach kurzem Gruß davon. Inwendig zitterte er.

Andreas, der Bruder Simon Petri, fühlte sich zu Hause sichtlich wohl. Nachdem seine Frau Abigajil aus der langen Anwesenheit ihres Mannes geschlossen hatte, dass es mit der Glaubensverbreitung und Ämtervergabe wohl doch nichts werden würde, schöpfte sie neue Hoffnung auf ein friedliches Familienleben. Auch die Töchter Batia und Lisana freuten sich, dass der Vater wieder Zeit für sie hatte. Oftmals begleiteten sie ihn zum Fischfang auf den See Genezareth hinaus, wobei sie abwechselnd schon das Ruder führen durften, wenn das Segel gesetzt war. Sie stellten sich beide recht geschickt dabei an. Das Netz zog in zwei, drei Metern Wassertiefe hinter dem Boot her. Man musste nur aufpassen, dass es in Ufernähe nicht auf den steinigen Grund sank und womöglich zerriss. Dann war der ganze Fang für die Katz.

Was die häusliche Katze Bastet anging, so führte sie ein fürstliches Leben. Es gab viele Fischköpfe und auch manche Innereien, die sie mit Vergnügen verspeiste – und sich gelegentlich auch den Magen daran verdarb.

Dieses Leben hätte nach Andreas' Meinung immer so fortgeführt werden können, wäre da nicht die triumphierende und zum Himmel auffahrende Gestalt des Messias gewesen. Mehr als die Kreuzigungsszene – die er in Wirklichkeit ja nur aus Erzählungen kannte – und die Auferstehung – deren Zeuge er auch nicht gewesen war – berührte ihn die Himmelfahrt, die er ja miterlebt hatte. Jesus Christus war nicht in den Himmel emporgehoben worden, um für immer zu verschwinden, sondern er hatte, bis er wiederkam, Botschaften und Aufträge hinterlassen. Die wichtigste betraf den Predigt- und Taufdienst. Wie das vonstattengehen sollte, war noch nicht klar. Hier gingen die Meinungen der Elf auseinander, wie die Diskussion im Abendmahlssaal bewiesen hatte und wobei, das musste man einfach feststellen, sein Bruder Simon Petrus der Quertreiber gewesen war. Da immer noch nicht feststand, wer der Heilige Geist war und wie er sich offenbaren würde, blieb eine quälende Ungewissheit, über die nur das friedliche Familienleben einigermaßen hinwegtrösten konnte.

Bei seinem Bruder hing der Haussegen schief. Er hatte Samira nur ein einziges Mal beim Einkaufen getroffen und auch das auch nur, weil Abigajil ihn geschickt hatte und nicht selbst gegangen war, aber an ihren verweinten Augen sah er, dass die Welt im Hause Simon Petri in Schieflage geraten war.

Samira hatte nicht geklagt, die Situation sogar schöngeredet. Jedoch zwischen den Worten hatte Andreas ihre Verzweiflung herausgehört. Ob das Jesus gewollt hätte? Er, der den Frieden, auch den häuslichen, über alles forderte, der die Liebe zwischen den Menschen predigte, er konnte diese Entwicklung im Hause seines Stellvertreters nicht gutheißen.

Jemand müsste dieser Ava die Meinung geigen, nein, besser den Hintern versohlen, wünschte Andreas. Eine so starke, selbstgefällige und egoistische Frau gab es nur einmal unter der Sonne …

Als Andreas an diesem Tag vom Fischfang nach Hause kam, weilte Maria Magdalena aus Magdala zu Besuch. Magdala lag am nordwestlichen Ufer des Sees von Galiläa oder Genezareth und war eine berühmte Stadt. Fischer und Färber lebten hier. Zudem gab es etwa achtzig Geschäfte, die feine Wolle verkauften. Der griechische Name „Tarichae“, was gepökelter Fisch bedeutet, weist auf ein früheres Industriezentrum hin. Wahrscheinlich wurden auch Schiffe gebaut. Hierhin verzog

sich Jesus, nachdem er die Viertausend gespeist hatte. Maria saß mit Abigajil gemütlich beim Most vor dem Haus, als Andreas vom See heraufkam.
„Was verschafft mir die Ehre?“, fragte er zur Begrüßung und gab Maria Magdalena die Hand.
„Dir? Auch mir gebührt die Ehre!“, lachte Abigajil.
„Ich schätze euch beide“, gab Maria aus Magdala zurück. „Ich musste daheim mal wieder nach dem Rechten sehen. Wie gehen die Geschäfte?“
Andreas wiegte den Kopf. „Mittelmäßig“, antwortete er dann. „Es gab bessere Zeiten. Zum Beispiel als Jesus noch am See weilte. Er hat diese Landschaft geliebt, du erinnerst dich. Denk an Kafarnaum, an Bethsaida, woher einige unserer Jünger stammen. Und er hat manchmal für volle Netze gesorgt. Weißt du noch, als einmal so viele Fische im Netz waren, dass es fast zerrissen wäre?“
„Es war das Tagesgespräch in der ganzen Gegend. Ich bin oft mit Jesus und euch, seinen Jüngern, umhergezogen.“

Eine Weile war es still. Ein jeder rief sich wohl die segensreiche Zeit in Erinnerung, als Jesus hier bei ihnen war, als der Andrang des Volkes von Tag zu Tag wuchs und die Jünger nicht wussten, wie sie so viele Menschen satt bekommen sollten.
„Entschuldige“, führte Maria Magdalena das Gespräch fort, „dass ich mich noch nicht nach dem Befinden deines Bruders erkundigt habe. Ich bin jetzt einige Wochen aus Jerusalem fort und habe von ihm und den Jüngern nichts wieder gehört.“
„Er hält sich noch immer in Jerusalem auf“, antwortete Andreas. „Weiß der Kuckuck, was er dort noch treibt.“
„Er wartet auf den Heiligen Geist, den Jesus verspro-

chen hat. Aber der wurde uns allen verheißen, also müssten wir vor Ort sein, wenn er kommt."
„Wir sollen rechtzeitig Nachricht erhalten, oder?"
„Rechtzeitig ist gut. Wenn uns im Schlaf nicht ein Engel erscheint und uns auffordert, nach Jerusalem zu gehen, werden wir den Heiligen Geist wohl verpassen."
Abigajil schenkte Most nach. „Ich war auf dich immer ein bisschen eifersüchtig", sagte sie.
„Auf mich? Wieso? Warum?"
„Du warst immer in Jesu Nähe. Du hattest einen bevorzugten Platz. Er hat mit dir über alles gesprochen. Du warst mit am leeren Grab. Er ist dir als Erste nach der Auferstehung begegnet."
„Und ich habe ihn nicht einmal erkannt und für den Gärtner gehalten", seufzte Maria Magdalena.

Marias Magdalenas Augen füllten sich mit Tränen. Ihr stand die Szene so deutlich vor Augen, dass sie sie ihr Lebtag nicht vergessen würde. Plötzlich begann Andreas zu kichern.
„Was hast du?", fragte seine Frau.
„Ich denke daran, dass nicht nur du eifersüchtig warst, sondern vor allem Simon Petrus, den Jesus ja mit besonderen Aufgaben betraute, ihn sogar zu seinem Nachfolger bestimmte, aber doch nicht in alles einweihte. Mein Bruder trug sich wahrhaftig mit dem Gedanken, dich aus der Mitte der Jünger fortzuschicken mit der Begründung – du seiest kein Mann!"
„Ehrlich – das hat er vorgehabt?" Maria Magdalena war sichtlich betroffen. „Ach, wisst ihr, mir wird so vieles nachgesagt: Mal bin ich eine große Sünderin, dann hätte ich dem Herrn die Füße gewaschen, obgleich das Maria von Bethanien, die Schwester von Martha und Lazarus war, dann hätte ich teure Salbe verschwendet,

außerdem sei ich die Lebensgefährtin Jesu gewesen ..."
„Ja, die Welt ist voller Gerüchte. Sie glaubt das, was sie glauben will und geht der Wahrheit nicht auf den Grund."
Hier am See Genezareth wurden die Drei auch an eine andere Heilstat Jesu erinnert, nämlich an die Begegnung mit dem hier stationierten römischen Hauptmann, der um Heilung seines Knechtes bat, ein eindrucksvolles Ereignis, das noch lange fortwirken sollte. Jesus, der diese Gegend liebte wie keine andere in Israel, hat hier viele Wunder getan, indem er Kranke, Blinde und Besessene heilte und vielen den Lebensmut zurückgab.

Ein Mann mittleren Alters kam schimpfend den Weg herauf. Schon von Weitem hörte man ihn vor sich hin fluchen. Er trug nur ein leichtes Gewand und auf dem Rücken ein zusammengebundenes Tuch, das offenbar seine Habseligkeiten enthielt. Mit einem dicken Knotenstock wühlte er den Sand auf.
„Mein Name ist Bartimäus", sagte er, nachdem er die Drei begrüßt hatte. „Eigentlich wollte ich zu Simon Petrus, doch der ist nicht zu Hause. Ich wollte ihm meine Aufwartung machen, doch seine Schwiegermutter hat mich abgefertigt, als sei ich ein räudiger Hund. ‚Geh zu meinem Sohn Andreas', hat sie gesagt, ‚und fall dem auf die Nerven. Ich will mit dieser ganzen Bande nichts mehr zu tun haben.'"
„Das hat sie gesagt?"
„So wahr ich vor euch stehe und euch sehe. Das war ja nicht immer so, denn ich war von Geburt an blind."
„Ach, dann bist du ..."
Maria Magdalena klatschte in die Hände.
„Genau. Jesus hat mir das Augenlicht geschenkt."

Alle, bis auf Abigajil, waren Zeugen dieses Ereignisses gewesen. Und erinnerten sich lebhaft des Wunders.
„Lasst ihr mich jetzt dumm sterben, oder was?“, fragte Andreas’ Frau. „Was war denn los?“
„Wenn ihr erlaubt, werde ich selbst berichten“, sagte Bartimäus, legte sein Bündel ab und setzte sich. „Es war in Jericho, in dem Weltbad mit seinen berühmten Palmen und Kuranlagen“, begann er. „Ich saß bettelnd an einer der schönen Straßen, als ein Tumult entstand. Es hieß, Jesus von Nazareth gehe vorüber. Ich hatte bereits viel von ihm gehört. Also schrie ich: ‚Jesus, Sohn Davids, erbarme dich meiner.‘ Er blieb stehen und wies seine Begleitung an, mich zu ihm zu bringen. Dann fragte er. ‚Was soll ich für dich tun?‘ Ich war überrascht, diese Frage zu hören, denn was will ein Blinder anders, als sehend zu werden. Also sagte ich: ‚Rabbuni, mein Herr und Meister, ich möchte sehen können.‘ Und Jesus blickte mich an, lächelte und sagte: ‚Dein Glaube hat dir bereits geholfen!‘ Über dieses ‚bereits‘ habe ich oft nachgedacht. Es ist mir erst im Laufe der Zeit aufgegangen. Vordergründig war, dass ich sehen konnte. Erst schemenhaft, dann immer deutlicher und schließlich ganz klar.“
„Und was hat es mit dem ‚bereits‘ auf sich?“, wollte Abigajil wissen.
„Jesus wusste, dass ich ihm ganz vertraute, ganz an ihn glaubte. So, nur so konnte das Wunder geschehen.“
Einen Augenblick war alles still. Vom See herauf wehte plötzlich ein erfrischender Wind und setzte die Palmenblätter in Bewegung. Die Bäume, so schien es, flüsterten miteinander, als tauschten sie Erinnerungen an vergangene Zeiten aus.
„Blindheit war wie andere körperliche Beschwernisse eine Strafe Gottes, so glaubte man. Erst Jesus hat mit

diesem Vorurteil aufgeräumt", erklärte Andreas. „Doch es gibt auch heute noch Menschen, die in Krankheiten und Gebrechen Einwirkungen des Himmels für schlechten Lebenswandel sehen."
„Daran glaubte man auch in unserer Familie", sagte Bartimäus zerknirscht. „Nur wusste ich nie, was ich verbrochen haben sollte, dass ich mit solchem Übel geschlagen wurde."
Batia kam und brachte Bartimäus ein Glas Milch und ein Fladenbrot. Er dankte überschwänglich, denn nach der langen Fußwanderung war er hungrig und durstig. Reichhaltig war der Tisch nur in wenigen Familien gedeckt, bei den Vornehmen des Landes vielleicht und bei den Hohepriestern. Morgens aß man im Heiligen Land nur ein Fladenbrot und ein paar Oliven. Mittags gab es einen Schnellimbiss. Die Hauptmahlzeit war das Abendessen. Die Familie saß auf Strohmatten oder Teppichen um eine große Schüssel, die von Fladenbroten umkränzt war. Sie dienten gleichsam als Besteck. Der Vater verteilte die Portionen nach einem Segensgebet. „Gelobst seiest du, Ewiger, König der Welt, dass du Brot aus der Erde hervorbringst." – Alle aßen gemeinsam aus der großen Schüssel. Nur wenn es Suppe gab, kamen Löffel auf den Tisch.
Bartimäus verschlang das Brot mit Heißhunger, er hatte den ganzen Tag über nur wenig gegessen.
„Was führt dich in diese Gegend?", fragte Andreas. „Jesus hat das Wunder an dir doch in Jericho gewirkt."
Bartimäus berichtete, dass er bei einem Onkel in Tiberias angestellt sei, einem Schiffsbaumeister, bei dem er als Hilfskraft arbeite. Wasser habe ihn schon immer fasziniert, aber mehr als am Jordan und jetzt am See Genezareth, den sie hier den See von Galiläa nannten, habe er kein Wasser zu Gesicht bekommen. Da die Landschaft

um den See mit vielen Erinnerungen an Jesus und sein Wirken verbunden sei, habe er die Orte der Brotvermehrung und Seligpreisungen aufgesucht zum Dank, weil er durch Jesus das Augenlicht erhalten habe.

„Wen bringst du denn heute mit, den ich nicht kenne?" Simon Petrus sah Philippus misstrauisch an. „Bedenke, dass wir nur die Personen in unsere enge Wahl nehmen können, die Jesus ausgesucht hat oder die mit ihm vertraut gewesen sind."
„Dieser Mann war mit ihm vertraut – sein Name ist Nikodemus."
„Wer?"
„Ja, Nikodemus. Er war ein Vertrauter unseres Meisters."
„Deshalb ist er wohl des Nachts zu ihm geschlichen und hat das Tageslicht gescheut, was?"
„Er hatte Rücksicht zu nehmen, falls du das begreifst."
„Was ist daran zu begreifen? Er war feige – das ist es. Schlichtweg feige. Nachts ist nur Gesindel unterwegs und keine ehrliche Haut."
„Jetzt tust du Nikodemus Unrecht, Simon Petrus. Ich lege meine Hand für ihn ins Feuer, denn er kam in ehrlicher Absicht, um sich vom Herrn beraten zu lassen."
„Was du nicht sagst. Bist wohl dabei gewesen, was?
„Nicht direkt. Ich habe nur heimlich – gelauscht."
„Jetzt hört sich doch alles auf!" Simon Petrus sah Philippus verächtlich an. „So gemein bist du also. Das hätte ich dir nie zugetraut."
„Ich bereue es von Herzen."
Nikodemus stand etwas abseits, den Kopf ein wenig gesenkt und verfolgte das Streitgespräch der beiden Jünger mit Unbehagen. Man sah ihm an, dass er ein gebildeter Mann war. Auch seine Kleidung hob sich von der gewöhnlicher Männer ab.

„Mach dir nichts daraus", sagte Philippus. „Mein Bruder im Geiste ist so, seit er von Jesus mit besonderen Privilegien ausgestatte worden ist. Ich glaube jedoch, unser Herr und Meister hat gehörig daneben gegriffen, als er diesen Holzkopf zu seinem Nachfolger und zum Menschenfischer bestellte."
Nikodemus versuchte, Philippus zu beschwichtigen. Er sei damals des Nachts zu Jesus gekommen, weil er Rücksicht habe nehmen müssen. Schließlich sei er ein angesehener Mann in Jerusalem und stehe oftmals im Rampenlicht.
„Da hat man's mal wieder!", rief Simon Petrus aus, „niemand bekennt sich zu dem, was er ist und welche Ämter er ausübt. Alle kamen inkognito, weil sie Jesus geschätzt haben, aber dennoch nicht mit ihm gesehen werden wollten. Typisch für die Art der Pharisäer."
„Ja, ich gehöre zu den Pharisäern", sagte Nikodemus leise.
„Hab ich es doch gewusst!" Simon Petrus kochte. „Ihr bringt viel Unruhe ins Volk, ihr Gesetzesverdreher. Wenn sich jeder nach euren Vorschriften richten wollte, käme er ja kaum von der Stelle vor lauter Verpflichtungen und Geboten."
„So schlimm ist es auch wieder nicht", lächelte Nikodemus. Man musste es seiner Vornehmheit anrechnen, dass er das lose, beleidigende Gerede so wortlos hinnahm. „Ich gebe zu, ich kam zu Jesus damals in der Nacht in einer heiklen Sache."
„Ich weiß, auch ich habe gelauscht", sagte Simon Petrus verschmitzt. „Natürlich habe ich nicht alles verstanden. Was du noch vertraulich mit meinem Herrn und Meister besprochen hast, kann du für dich behalten, obgleich ich gewissermaßen sein Stellvertreter bin und in alle Geheimnisse eingeweiht werden müsste."

„Jesus hat mir in jenem nächtlichen Gespräch erläutert, dass der Eintritt in das Reich Gottes einer geistigen Wiedergeburt bedürfe. Das habe ich nicht verstanden, worauf euer Herr und Meister mir ein Gleichnis erklärte. Er sagte nämlich: ‚Der Wind weht, wo er will, du hörst sein Brausen, weißt aber nicht, woher er kommt und wohin er geht. So ist es mit jedem, der aus dem Geist geboren ist.' Ich habe lange diesen Worten nachgesonnen."

„Ja, ja, das war so Jesu Art: Er liebte das Gleichnis. Manches haben wir, die wir ihm doch nahestanden, auch nicht kapiert. Es wird uns vielleicht aufgehen, wenn uns der Heilige Geist gesandt wird." Simon Petrus' Stimme klang nun versöhnlicher. Er lächelte Nikodemus sogar zu, und dieser erwiderte es scheu mit einer leichten Verbeugung.

„Was hast du nun vor, Nikodemus, und was können wir für dich tun? Du bist doch nicht als freundlicher Aushorcher gekommen, der seinen Glaubensgenossen brühwarm berichtet, was die Anhänger Jesu nun planen, oder?"

„Mitnichten, Herr, mitnichten. Jesus hat mich durch sein Leben und Wirken so überzeugt, und er ist ja erst recht jetzt, nach seiner Wiederkunft aus dem Totenreich, in aller Munde, dass ich von seiner Sendung überzeugt bin. Ich bitte dich und deine Brüder: Nehmt mich auf in euren Kreis."

Als Simon Petrus das hörte, ja, dass ein angesehener Bürger der Stadt und führender Vertreter der Pharisäer um Aufnahme bat, wuchs sein Geltungsbedürfnis gleichsam über ihn hinaus.

„Das ist ein Gesuch, über das ich nicht allein entscheiden kann, Nikodemus. Das muss ich der Konferenz vortragen. Dort wird der Aufnahmeantrag diskutiert und möglicherweise genehmigt."

Philippus raunte: „Spinnst du?"
„So ist nun mal der Gang der Dinge", entschied Simon Petrus.
„Hat Jesus auch darüber eine Konferenz einberufen, als er dich und mich zu seinen Jüngern machte? Auf sein Wort hin sind wir ihm gefolgt. Nikodemus erbittet nichts anderes, als in die Reihe der Jünger aufgenommen zu werden. Wir werden durch ihn gestärkt, er wird eine Bereicherung für unsere Mannschaft sein."
„Er ist ein Pharisäer, da ist Vorsicht geboten!", entschied Simon Petrus mit fester Stimme. „Die Pharisäer sind Heuchler. Weißt du nicht, wie oft sie Jesus in Versuchung führen wollten und wie oft er ihnen die Meinung gesagt hat?"
„Du kannst sie nicht alle über einen Kamm scheren", rief Andreas. „Zudem ist es unhöflich, vor Nikodemus, diesem ehrenwerten Herrn, ein solches Gespräch zu führen. Jesus hat das Gebot der Nächstenliebe zur höchsten aller Vorschriften erklärt."
„Das weiß ich selbst. Doch Vorsicht ist die Mutter der Porzellankiste. Wenn die Pharisäer die rigorose Einhaltung der Gesetze verlangen, so ist dagegen ja nichts zu sagen. Aber sie übertreiben, sie maßregeln die Menschen bis in die kleinsten Verrichtungen. Und das ist von Übel."
Nikodemus, der sich ein paar Schritte zurückgezogen, aber während dieser kontroversen Diskussion Haltung bewahrt hatte, trat nun, sich leicht verbeugend, wieder näher.
„Entschuldigt", sagte er mit Zurückhaltung, „wenn es einen Verdienst von uns Pharisäern gibt, dann doch wohl den, die Ausrichtung des Judentums auf den Tempel zu überwinden, indem wir den Alltag durch die Einhaltung jüdischer Vorschriften heiligen. Seht, als der Tempeldienst allein durch die Priesterschaft versehen wurde, war auch alles jüdische Leben auf den Tempel ausgerichtet. Was

außerhalb war, spielte eine geringere Rolle. Doch heute wird der Einzelne mehr in die Pflicht genommen. Wir setzen uns für soziale Gerechtigkeit ein, wir sagen, dass die Menschen alle eine Einheit bilden und gemeinsam auf die Erlösung warten, alle, wohlgemerkt, nicht nur die des Volkes Israel."

Simon Petrus hob beschwichtigend die Hände. „Da müsst ihr nicht mehr warten. Jesus ist der Erlöser, der erwartete Messias. Also, was wollt ihr noch?"

„Das herauszufinden, war ich ja des Nachts zu eurem Meister gekommen. Ich glaube an ihn, er ist der Gesandte Gottes. Deshalb möchte ich mich seiner Lehre anschließen."

„Ich bin sein Vertreter auf Erden", brüstete sich Simon Petrus. „Also, wie gesagt, das Aufnahmeverfahren wird bei nächster Gelegenheit eingeleitet. Wie die Aktien stehen – es besteht Hoffnung, dass du bald zu uns gehörst. Du hast mich fast überzeugt. Was meinst du, Philippus?"

Philippus zwinkerte mit den Augen. Er war ja kurzsichtig. Er wandte sich an Nikodemus: „ Ich bitte dich um Entschuldigung. Die neue Funktion ist Simon Petrus zu Kopf gestiegen. Er ist nicht ganz bei sich." Und dabei tippte er mit dem Zeigefinger seiner rechten Hand gegen seine Stirn.

Was Simon Petrus nicht wusste und Nikodemus ihm auch nicht erklärte: Er war das einzige Mitglied des Hohen Rates gewesen, das in der Gerichtsverhandlung für Jesus gesprochen hatte. Und er hatte auch keine Ahnung davon, dass Nikodemus beim Begräbnis Jesu dabei gewesen war.

Maria, die Gottesmutter, war in den letzten Tagen sehr nachdenklich. Manchmal erschien sie sogar mit verweinten Augen beim morgendlichen Frühstück. Maria Magdalena sah sie besorgt an. Simon Petrus schien geistesabwesend zu sein, sodass Maria Magdalena ihn fragen musste: „Siehst du nicht, dass Maria in jüngster Zeit so traurig ist?"
„Ist mir nicht aufgefallen. Doch jetzt, wo du es sagst ..."
Simon Petrus legte seinen Arm um die Schulter der Gottesmutter. „Bist du krank, fühlst du dich nicht wohl?"
„Es geht mir gut, wirklich. Aber manchmal habe ich Sehnsucht nach meinem Sohn. Er ist mir nahe, das spüre ich. Allerdings ich kann ihn nicht mehr in die Arme schließen, wie ich es so gern getan habe."
Simon Petrus nickte. Maria Magdalena stellte ein Stück Fladenbrot mit Oliven und Datteln vor Maria hin. Dazu ein Glas Milch. „Stärke dich doch erst mal. Dann geht es dir bestimmt besser."
„Ihr seid alle so rührend um mich besorgt", erwiderte Maria, „ihr seid für mich eine wirkliche Familie." Dann sagte sie: „In der kommenden Woche ist der fünfte Todestag von Joseph. Ich würde gern zu seinem Grab in Nazareth fahren, zum letzten Mal, aber die Entfernung ist zu groß."
Maria Magdalena und Simon Petrus blickten sich an. In beiden fasste der gleiche Gedanke Fuß: Wer kann sie dorthin begleiten?
„Johannes, ja, Johannes wird mit dir fahren, Maria. Wir werden das organisieren", rief Simon Petrus. Augenblicklich ließ er den Lieblingsjünger des Herrn rufen.
„Du hast die Verpflichtung, dich um Jesu Mutter zu kümmern", erklärte er mit ernster Miene, als Johannes auf der Türschwelle stand. „Du wirst sie morgen nach

Nazareth begleiten. Kümmere dich um ein Eselsgespann, aber lass dich nicht übers Ohr hauen, wenn du den Mietpreis aushandelst."

Johannes sah an sich hinunter. Er trug einen Kittel, der voller Farbkleckse war. „Ich bin gerade beim Anstreichen. Ich helfe dem alten Melech nebenan. Wenn ich mich beeile, bin ich heute Abend fertig. Dann werde ich einen Eselskarren besorgen."

Simon Petrus nickte. Auf Johannes, dieses Milchgesicht, konnte man sich verlassen. Maria Magdalena lächelte. Sie begann Brot und Käse aus der Speisekammer zu holen und sorgfältig in einen Korb zu verpacken. Auch eine Lederflasche voll Milch kam hinzu. „Damit ihr mir unterwegs nicht verhungert", sagte sie.

Johannes war pünktlich. Bevor die Sonne über dem Goldenen Tor aufging, saßen sie auf dem Wagen und fuhren nordwärts. Vor nicht allzu langer Zeit hatte Jesus als Messias die Stadt durch dieses Tor betreten.

Auf dem Weg nach Nazareth war Maria recht schweigsam, worüber sich Johannes wunderte. Sonst führten beide eine angeregte Unterhaltung, doch diesmal stand der Mutter des Herrn nicht der Sinn nach vielen Worten. Sie rief sich die Zeit vor Augen, die sie gemeinsam in Nazareth verbracht hatten: Joseph, Jesus und sie. Es waren unbeschwerte Jahre gewesen, mit echtem Familienglück, von den Tagen der Niederkunft und Geburt in Bethlehem einmal abgesehen. Joseph hatte sich immer rührend um sie gekümmert, erst recht als sie ein Kind erwartete und dennoch wusste, dass ihr Verlobter nicht der Vater war. Das zu verstehen und begreiflich zu machen, war ein gehöriges Stück Arbeit gewesen. Zugegeben, Joseph hatte in einer schwachen Minute vorgehabt, sie zu verlassen, immerhin stand seine Ehre auf dem Spiel und er war ein angesehener

Bürger Nazareths. Auch fürchtete er, er bekäme nun keine bedeutsamen Aufträge mehr für seinen Zimmereibetrieb. Die Menschen waren so. Wer sich in ihren Augen anstößig verhielt, hatte bald keine Freunde mehr.

Der heranwachsende Jesus hatte ihnen keinen Kummer gemacht, sah man einmal von der Aufregung ab, die entstanden war, als sie ihn auf der Rückreise von Jerusalem vermissten und glaubten, er sei unter den vorderen Wallfahrern. Doch dann hatte sich herausgestellt, dass er im Tempel, im Hause seines Vaters, geblieben war und die Schriftgelehrten mit Fragen löcherte. Damals war er zwölf Jahre alt gewesen.
Joseph hatte seinem Sohn die ersten Buchstaben beigebracht, bevor er ihn ins Beth Sefer, ins Haus des Buches, brachte. Das war die Grundschule, die von Jungen und Mädchen besucht wurde. Jesus war wissbegierig, und er stellte seinen Eltern viele Fragen. Die Tora war ein gutes Übungsfeld, das Lesen und Schreiben zu vervollkommnen. Auch mit den jüdischen Gesetzen und der Auslegung des Gesetzes – Mischna – war er bald vertraut. Viele konnten die ganze Tora am Ende der Schulzeit auswendig. Mit dreizehn war es üblich, erstmals am Passahfest in Jerusalem teilzunehmen.

Als für die meisten Jugendlichen die Schulzeit zu Ende war, strebten sie einen Beruf an. Maria entsann sich, dass der Rabbiner zu ihnen gekommen war und gesagt hatte:
„Jesus ist ein hochbegabter junger Mann. Er sollte im Beth Midrasch – im Lehrhaus – weiterlernen und studieren."
Einen Augenblick hatte Joseph gezögert. Jesus war in

dem Alter, in dem er ihm in der Werkstatt gute Dienste leistete, zumal Joseph dringend einen neuen Lehrjungen benötigte, nachdem der Vorgänger ausgelernt und sich einen neuen Betrieb gesucht hatte. Doch nach einem verständigen Blick mit Maria hatte der „Nährvater" zugestimmt. Diese Bezeichnung liebte Joseph nicht. Nicht der leibliche Vater dieses gottbegnadeten Kindes zu sein, schmerzte ihn, doch er fügte sich dem Schicksal, wusste er doch mit unumstößlicher Gewissheit, dass Jesus ein Kind des Himmels war und Gott sehr nahe stand. Jesus studierte jetzt also die Propheten und die Schriften des „tenach" – des Alten Testamentes. Viele Familien besaßen keine eigenen Schriftrollen. Joseph war zwar so wohlhabend, dass er sich welche beschaffen konnte, doch Jesus konnte alle Texte auswendig und rezitierte sie bei allen passenden Gelegenheiten.

Schließlich stand er vor der Frage, ob er nicht selbst ein Rabbi werden solle. Die ihn kannten, rieten ihm zu, und auch seine geistlichen Lehrmeister meinten: „Ja, unbedingt. Du hast das Zeug dazu. Du wirst ein guter Prediger." Maria war stolz auf ihren Sohn. Oft lag sie abends auf den Knien und dankte Gott für dieses Geschenk. Sie vernachlässigte nie den Gebetskontakt zum Himmel, der ihr wohlgesonnen war. Jesus suchte sich einen Rabbi als Lehrherrn aus, der Autorität und Anerkennung genoss, und bat, sein „Talmid", sein Jünger, zu werden. Ein Talmid war nicht nur ein Wissensvermittler, der weitergab, was er gelernt hatte und der die Kunst des Diskutierens und religiösen Streitens beherrschte, ein Jünger strebte seinem Lehrherrn nach und wollte so sein wie er. So kam Jesus eines Tages auch zu Johannes dem Täufer, seinem Vetter, ließ sich von ihm unterweisen und taufen. Und als Jesus mit dreißig Jahren seine eigene Predigerlaufbahn begann und sich viel Volk ihm anschloss, traf er noch einmal auf die Spuren des Täufers.

Das Wiedersehen mit Nazareth war für Maria ein fragwürdiges Nachhausekommen, denn niemand aus ihrer näheren Verwandtschaft lebte noch. Der Zimmereibetrieb Josephs war in andere Hände übergegangen. Der jetzige Besitzer hatte drei Gesellen und gut zu tun. Aber er lieferte nicht die Qualität, die Joseph eigen gewesen war. Wie lange hatte er an einem Tisch gebaut, die Bretter gehobelt, bis sie glatt und geschmeidig waren. Dankbar erinnerte sich Maria der großen Hilfe, die Jesus seinem Vater gewesen war. Er hatte ihm genau auf die Finger gesehen, die Wahl des Holzes, die Handgriffe gelernt, die bei der Bearbeitung vonnöten waren. Der Brunnen spendete noch ergiebig, doch die Menschen, die jetzt zur Wasserzapfstelle kamen, waren ihr fremd bis auf drei, vier, die mit ihr aufgewachsen waren und sich jetzt in ihrem Alter befanden. Aber da sich Jesus durch seine radikale Lehre der Umkehr und Versöhnung in Nazareth keine Freunde gemacht hatte und einmal sogar aus der Stadt getrieben worden war, kam es zu keinem Gespräch. Manche betrachteten sie mit Scheu und Misstrauen. Die Nachricht von Jesu Auferstehung und Himmelfahrt war bis Nazareth noch nicht durchgedrungen, und so blieb er in ihrem Bewusstsein immer ein Sonderling und Spinner, der die mosaischen Gesetze auf den Kopf gestellt und mit seinen Forderungen überall angeeckt war.

Johannes begleitete Maria auf dem Gang durch den Ort. Er achtete sorgfältig darauf, dass ihr niemand zu nahe trat, der ihr Übles sagen oder antun wollte.

„Joseph hat unter diesen Verhältnissen sehr gelitten", sagte Maria mit Blick auf die Feindseligkeiten, die ihnen früher entgegengeschlagen waren. Sie hatten dazu geführt, dass ihr Mann seinen Betrieb aufgeben musste, denn mit Menschen, die ihnen nicht wohlgesonnen waren, wollte er nichts mehr zu tun haben. Zudem blieben die Aufträge aus. Alle Versuche, Vorbehalte gegen ihren Sohn zu klären und Vorurteile abzubauen, waren am Ende doch fehlgeschlagen.
Im Gram darüber war Joseph gestorben. Die Krankheit, die ihn befiel, war kurz und sie hatte ihre Ursache in einem gebrochenen Herzen. Maria und Johannes suchten den kleinen Friedhof auf, der abseits an dem Berghang Richtung Afula lag.
„Jesus ist nicht einmal dazu gekommen, das Kaddisch für seinen Vater zu sprechen. Als ihn die Todesnachricht erreichte, hatte seine Zeit als Wanderprediger bereits begonnen. Darf ich dich bitten, in seinem Namen das Versäumte nachzuholen?"
Johannes nahm Maria in die Arme. Dann standen sie vor dem Grab, auf dessen Platte nur „Joseph von Nazareth, aus dem Hause Davids" stand. Sie legten kleine Steine nieder, als Zeichen ihres Besuches und ihres Gedenkens. Dann betete Johannes das Totengebet:
„Erhoben und geheiligt werde sein großer Name auf der Welt, die nach seinem Willen von Ihm erschaffen wurde – sein Reich soll in eurem Leben in den eurigen Tagen und im Leben des ganzen Hauses Israel schnell und in nächster Zeit erstehen. Und wir sprechen: Amein!
Sein großer Name sei gepriesen in Ewigkeit und Ewigkeit der Ewigkeiten. Gepriesen sei und gerühmt, verherrlicht, erhoben, erhöht, gefeiert, hocherhoben und gepriesen sei der Name des Heiligen, gelobt sei er,

hoch über jedem Lob und Gesang, Verherrlichung und Trostverheißung, die je in der Welt gesprochen wurde, sprechet Amein!
Fülle des Friedens und Lebens möge vom Himmel herab uns und ganz Israel zuteil werden, sprechet Amein. Der Frieden stiftet in seinen Himmelshöhen, stifte Frieden unter uns und ganz Israel, sprechet Amein."

Im Hause Jakobus des Jüngeren war eine kleine Festgemeinde versammelt. Der Sohn des Alphäus feierte seinen fünfundzwanzigsten Geburtstag. Einige Freunde waren gekommen, auch einer aus dem Kreis der Jünger, Matthäus, der frühere Zöllner, den sie zuweilen auch „Levi“ nannten. Es war kein berauschendes Fest wie die Hochzeit zu Kana, die ja alle Weinangebote durch das Wunder Jesu überboten hatte. Doch es ging lustig zu, denn Jakobus' Mutter Esther hatte mit ihren Mägden gebacken und gekocht, dass sich die Tische bogen.

„Lieber wäre es mir gewesen, du hättest eine Braut heimgeführt“, scherzte sie und zwinkerte ihrem Sohn zu. „Mit fünfundzwanzig stehen viele deines Alters längst unter dem Hochzeitsbaldachin.“

„Unter dem Pantoffel!“, rief Alphäus, der Vater, und lachte. Er nahm Matthäus beiseite und sagte: „Ich habe zu früh geheiratet. Entsprechend früh waren meine Denare nur noch die Hälfte wert und ich musste sparen und haushalten. Deshalb gebe ich dir und Jakobus den Rat: Haltet noch ein paar Jahre durch und gründet erst dann eine Familie.“

Matthäus dankte für den Rat des Alphäus, meinte aber dann: „So eilig haben wir es mit dem Heiraten nicht, denn wir wissen nicht, was aus uns wird. Unser Meister und Lehrer Jesus ist fort. Er hat uns eine gemeinsame Zukunft versprochen, wenn er den Heiligen Geist gesandt hat. Nun warten wir und sind voller Ungeduld, wie es weitergehen soll. Denn von diesem Heiligen Geist ist nichts zu sehen, geschweige zu hören.“

„Das war ein merkwürdiger Mann, auf den ihr – ich will nicht sagen hereingefallen – sondern dem ihr Gefolgschaftstreue geschworen habt.“

„Das sieht du nicht richtig, Alphäus. Wir haben nichts

geschworen, wir sind ihm freiwillig gefolgt. Seine Ausstrahlung und seine Botschaft waren Grund genug, ihm die Treue zu halten. Er war ein großartiger Mensch, ein Prophet, ein Wunderheiler, nein, der Sohn Gottes."
Jakobus kam und stellte sich zu ihnen. Er hatte einen Becher Wein in der Hand und forderte Matthäus und den Vater auf, sich auch eins von der Anrichte zu nehmen. „Was steht ihr hier und mauschelt zusammen?", fragte er lachend, als die beiden mit den Bechern zurückkamen.
„Wir haben dies und das besprochen, mein Sohn, und waren eben bei eurem Herrn Jesus angelangt." Alphäus prostete den beiden zu und sie nahmen einen kleinen Schluck.
„Ihr werdet gewiss nicht länger zu Hause herumlungern wollen, was?", fragte er dann ernst. „Ihr wartet und wartet, bis dieser Simon Petrus euch sagt, wann der Heilige Geist kommt."
„Er wird es selbst nicht wissen", antwortete Jakobus. „Deshalb ist er so grantig."
„Von diesem Besucher scheint eine Menge abzuhängen", grübelte Alphäus. „Obgleich ich mir nicht vorstellen kann, wie dieser Geist aussieht, wie er wirkt und was er will."
„Das wissen wir alle nicht, Vater. Aber es wird Veränderungen geben. Veränderungen zum Guten."
„Hoffen wir's", nickte Alphäus.
Jakobus Mutter Esther schaute um die Ecke. „Kommt bitte zum Essen!"
Inzwischen hatten die Mägde aufgetragen, was die Frauen in der Küche erwirtschaftet hatten.
Meist aß man vegetarisch, doch zur Feier des Tages gab es auch Fleisch. Bohnen, Erbsen, Linsen, Lauch in Olivenöl geröstet, mit Gewürzen wie Kümmel, Minze,

Dill und anderen Kräutern schmackhaft gemacht. Sie bildeten die Hauptmahlzeit. Da Erntezeit war, wurden zum Nachtisch in großen Schüsseln frische Trauben, Datteln, Feigen und Granatäpfel gereicht. Salz oder Honig von wilden Bienen machte das Essen zusätzlich schmackhaft. Es gab auch Butter. Wie sie hergestellt wurde, hatten die Gäste vor dem Betreten des Hauses gesehen: Die Frauen füllten Sauermilch in einen Ledersack und hängten ihn zwischen drei Stöcke. Dann traktierten sie den Sack mit Fäusten, und so entstand nach geraumer Zeit Butter. Sie musste bald verkostet werden, denn sie hielt sich nicht lange.

Das Essen war in vollem Gange, als die Ankunft eines Boten gemeldet wurde, der Jakobus unbedingt zu sprechen wünschte. Die Sache dulde keinen Aufschub.
Als Jakobus in den Flur hinaustrat, stand er vor einem römischen Soldaten, der militärisch grüßte. Jakobus erschrak. Mit der römischen Besatzungsmacht hatten die Hebräer nicht gern zu tun. Hatte er gegen die Gesetze verstoßen? Einen Offizier nicht vorschriftsmäßig gegrüßt? Ein Wort gegen die Regierung gewagt? Blitzschnell überlegte Jakobus, wo er auffällig hätte gewesen sein können. Doch in der Eile fiel ihm kein Grund ein.
Der Soldat winkte Jakobus näher zu sich heran, dann beugte er sich vor. „Mein Hauptmann Longinus lässt dir sagen: Es ist ein junger Mann verhaftet und zum Tode verurteilt worden. Sein Name ist Jaakov. Er hat mit Komplizen eine römische Villa ausgeraubt. Die Hinrichtung ist ‚in der Mitte der Woche', am Mittwoch, im Morgengrauen."
„Ich kenne keinen Jaakov", sagte Jakobus irritiert.

„Doch, doch. Es ist der Name eines jungen Mannes, der einmal tot war, aber von Jesus zum Leben erweckt wurde. Die Mutter war Witwe."
„Der Jüngling von Naim!", rief Jakobus.
„So wird so sein."

Alphäus kam aus dem Speiseraum und fragte, warum sein Sohn so lange fortbliebe. Auch er erschrak beim Anblick des Römers.
„Hauptmann Longinus gestattet einen Besuch in der Todeszelle. Heute Nacht. Muss kurz sein."
„Ich werde kommen", sagte Jakobus, ohne die Umstände zu überlegen. Seine Stimme zitterte. Dann vereinbarten sie Zeit und Ort, worauf der Soldat kurz grüßte und ging.
„Mein Gott, wie entsetzlich!", rief Matthäus, als Jakobus den Vorfall schilderte. Die Geburtstagsfreude war verflogen. Die Gäste spürten, dass etwas Ungeheures vorgefallen sein musste, doch sie erhielten auf Fragen nur ausweichende Antworten. Die Stimmung sank. Die Gespräche verstummten. Niemand verspürte mehr Lust, noch etwas zu essen oder ein Glas Wein zu trinken. So verabschiedeten sie sich bald. Die beiden Jünger blieben mit Alphäus und seiner Frau Esther allein zurück.
„Wir müssen Simon Petrus informieren." Matthäus fand als erster die Stimme wieder.
„Unbedingt. Hoffentlich ist er noch oder wieder im ‚Haus der Marien'." Jakobus wollte sofort aufbrechen, doch sein Vater hielt ihn zurück.
„Es ist gar nicht gut, wenn ihr euch zusammen sehen lasst. Ihr unterschätzt den Argwohn der Menschen, die nach Jesu Tod auch euch am liebsten ausschalten möchten."

„Aber Jesus ist nicht im Tode geblieben. Er ist …“
„Ich weiß“, erwiderte Alphäus. „Doch das wollen die meisten nicht wahrhaben, oder können es nicht glauben, ganz zu schweigen von seiner Aufnahme in den Himmel.“
Eine Weile beratschlagten sie, was zu tun sei. Die Aufregung ließ sie zu keinem raschen Ergebnis kommen. In diesem Augenblick betrat Yael, Jakobus Schwester, das Haus. Sie war fünf Jahre jünger als ihr Bruder, war in Hebron verheiratet und wollte eigentlich pünktlich zum Geburtstag ihres Bruders in Jerusalem eintreffen, doch ein Sandsturm hatte die Ankunft um Stunden verzögert. Sie erschien ihnen als die geeignete Person, um Simon Petrus die Nachricht von der Verhaftung Jaakovs zu überbringen. Yael wehrte sich zunächst gegen den Auftrag, doch als ihr Bruder sie bat, das sei das schönste Geburtstagsgeschenk, wenn sie ginge, willigte sie seufzend ein. Man beschrieb ihr das ‚Haus der Marien‘ und hämmerte ihr die Botschaft des Hauptmanns ein, dann ging sie.
„Simon Petrus wird Jaakov in seinem letzten Stündchen sicher beistehen wollen.“
„Sofern ihn das Kreuz nicht abermals abschreckt, mein Freund“, meinte Matthäus.
Doch Jakobus teile diese Meinung nicht. Simon Petrus habe zwar im Hof des Hohepriesters Kaiphas eine schwache Stunde gehabt, doch die werde sich nicht wiederholen.
Es dunkelte früh wie alle Abende. Der Übergang von der Helle in die Dämmerung vollzog sich in wenigen Minuten. Dann war auch die Sonne verschwunden. Yael kam zurück. Sie hatte erledigt, was ihr aufgetragen worden war. Alphäus begleitete seinen Sohn Jakobus zu Simon Petrus, dann kehrte er um, und die beiden

Männer zogen weiter zum Sitz der Wachmannschaft, die für das Gefängnis, in dem Jaakov einsaß, zuständig war. Da es sich nicht um klassischen Raub, sondern um ein „Eigentumsdelikt gegen das römische Imperium" handelte, wurde die Tat als politisch gewertet und entsprechend hart bestraft.
Longinus kam den Männern entgegen. Er machte ein ernstes Gesicht.
„Die Geschichte vom Jüngling zu Naim hat mich immer besonders fasziniert", sagte er, nachdem er den Männern die Hand geschüttelt hatte. „Ein toter junger Mann wird seiner Mutter lebend zurückgegeben. Welche Freude! Und jetzt: welcher Kummer!"
„Ja, er hat seine Wiedergeburt nicht nur der Mutter, sondern auch Jesus nicht gedankt."
Der Hauptmann ließ Jaakov in einen kleinen Raum in der Nähe des Haupteingangs führen. Dort wurden ihm die Beinfesseln abgenommen. Jaakov sah bleich aus. Er wagte nicht, die Männer anzusehen.
„Du weißt, was dir bevorsteht?", fragte Longinus. Der Delinquent nickte. Sein Körper zitterte.
„Solche Todesqualen hat auch der Herr erlitten, der dir das Leben wiedergeschenkt hat", sagte Simon Petrus mit Bitterkeit in der Stimme.
Der Gefangene nickte. Tränen rannen ihm über das Gesicht.
„Nun muss deine Mutter nochmals deinen Tod beweinen", fügte Jakobus hinzu.
„Meine Mutter ist inzwischen tot."
„Oh!"
„Ja. Wäre sie noch am Leben, ich wäre sicher nicht auf die schiefe Bahn gekommen."
„Wie bist du überhaupt zu dieser Räuberbande gestoßen?", fragte Simon Petrus.

„Das ist eine längere Geschichte, für die sich heute niemand mehr interessiert, nicht einmal der Richter, der mich verurteilte."

„Erzähle sie trotzdem und erleichtere dein Gewissen. Dann werden wir zusammen beten."

„Ich wurde bei einem Diebstahl erwischt, den ich gar nicht begangen hatte."

„Wie ist das möglich?", wollte der Hauptmann wissen.

„Als ich ein Juweliergeschäft verließ, wo ich mich nach einem Armreif zum Geburtstag meiner Mutter erkundigt hatte, hielt man mich vor der Tür an. Jemand griff in die Tasche meines Mantels – und zog einen silbernen Becher heraus. Ich wusste nicht, wie er dort hineingeraten war. Ich hatte ihn nicht gestohlen. Ehrenwort!"

„Und weiter?"

„Der Juwelier schrie nach der Polizei, doch dann trat ein vornehm gekleideter Mann aus dem Hintergrund hervor. Er hielt einige Goldstücke in der Hand und sagte zum Juwelier: Wir wollen doch kein großes Aufhebens um diesen kleinen Zwischenfall machen, nicht wahr? Dann gab er ihm einen Geldbetrag, der weitaus höher als der Wert des Bechers war. Der Juwelier staunte, ihm fehlten die Worte. Er schnappte sich Geld und Becher und verschwand in seinem Geschäft."

„Merkwürdig."

„Ja. Ich konnte keinen klaren Gedanken fassen, so aufgeregt war ich. Erst später wurde mir bewusst, dass der Mann, der in meine Tasche gegriffen und den Becher hervorgeholt hatte, sofort verschwunden und der Fremde, wie verabredet, aus dem Hintergrund hervorgetreten war."

„Ein abgekartetes Spiel, wie mir scheint", sagte Longinus. „Was geschah alsdann weiter?"

„Ja, der Zwischenfall war abgesprochen. Jedoch bei

Gericht hat sich niemand dafür interessiert. Ich bedankte mich mit vielen Worten bei dem Fremden, der den Becher ausgelöst hatte, doch der sagte: Nun, so ganz ohne Gegenleistung habe ich dir nicht geholfen."
„Was verlangst du?", fragte ich.
„Nicht viel. Sei morgen Abend, wenn der erste Stern am Himmel steht, dort vorn, bei der Synagoge. Dann wirst du es erfahren. Aber sei pünktlich. Und komm nicht auf den Gedanken zu verschwinden. Wir werden dich von jetzt an beobachten."
„Ha, ich wäre bis ans Ende der Welt geflohen, noch in derselben Nacht!", rief Jakobus.
„Wo ist das Ende der Welt? Mein Gott, in Zypern oder in der Ägäis?"
„Eher weiter westwärts, wo doch Rom der Mittelpunkt ist", meinte Jaakov.
„Oder im Osten, am Ende der Seidenstraße?"
„Ich werde nie nach Rom gehen!", sagte Simon Petrus.
„Schluss mit dem Gerede!", bestimmte der Hauptmann. „Hier geht es um eine ernste Angelegenheit. Fahr fort, Jaakov."
Der Jüngling von Naim holte tief Luft. „Noch ahnte ich nichts Böses. Ich ging also zum vereinbarten Treffpunkt. Komm mit, sagte der Fremde. Er führte mich durch die Gassen in den Teil Jerusalems, wohin mich auch bei Tageslicht nichts ziehen würde. Dort war eine Kneipe. Im hinteren Bereich saßen einige Männer um einen Tisch und knobelten. Als einer, der der Anführer zu sein schien, uns eintreten sah, stand er auf, gab mir die Hand und sagte: Willkommen im Kreis der Sikarier, der Messerschwinger!"
Simon Petrus fuhr zurück. „Messerschwinger? – O Gott, wer hätte das gedacht!"
„Ja", ereiferte sich Longinus, „das ist eine berüchtigte Bande, die auf Raub aus ist und auch vor einem Mord nicht

zurückschreckt! Die Polizei ist ihnen schon lange auf den Fersen, doch sie entzieht sich regelmäßig geschickt der Schlinge."

„Das wusste ich damals noch nicht", sagte Jaakov.

„Aber wir, das heißt, einige der Jünger haben die Bekanntschaft mit den ‚Messerschwingern' gemacht. Doch davon zu berichten, würde jetzt zu weit führen."

„Ich musste mich verpflichten, bei einem der nächsten Raubzüge mitzumachen", fuhr der Jüngling von Naim fort. „Um mich besser einzuarbeiten, sollte ich zunächst nur Schmiere stehen. Das tat ich mit bebendem Herzen. Gott Dank passierte in der ersten Zeit nichts. Die ‚Messerschwinger' hatten sich auf reiche Villen spezialisiert, auf die Paläste der römischen Staatsbeamten. Da war am meisten zu holen. Die Räuber waren nicht zimperlich. Einmal schlugen sie einen Wachmann mit einem Stuhlbein tot und bei anderer Gelegenheit stachen sie einen Diener nieder und verletzten ihn schwer. Die Beute war respektabel."

„Gott steh uns bei!", rief Simon Petrus. „Ist ja kein Wunder, dass du deinen Kopf verwirkt hast."

Jaakov schwieg. Longinus stand mit geschlossenen Augen und zusammengepressten Lippen da. Er schien einen Plan auszuhecken.

„An deiner Verurteilung kann ich nichts ändern. Vielleicht am Strafmaß, denn du bist wirklich in eine üble Lage geraten."

„Ja, Herr, das bin ich. Ich habe niemals jemanden tätlich angegriffen noch etwas von der Beute erhalten. Ich habe nur immer aufgepasst, ob die Luft rein war."

„Und – war sie rein?", erkundigte sich Jakobus.

„Meist ja, bis auf einmal, als ich die beiden Soldaten übersah, die der Beamte zur Sicherung seiner Villa angeheuert hatte. Sie patrouillierten um das Areal und hatten offenbar

Geräusche gehört. Sie forderten Verstärkung an. Jedenfalls schlichen sie sich an uns heran. Drei unserer Leute haben sie erwischt, darunter mich. Unser Anführer ist mit sechs seiner Leute entkommen."

„Der Anführer hieß Barabbas, wenn ich nicht irre?"

„Ja, aber woher weißt du das?"

„Nun, das tut nichts zur Sache." Der Hauptmann nahm Simon Petrus beiseite. „Nach Lage der Dinge und was ich aus der Gerichtsverhandlung weiß, sind nicht alle entlastenden Argumente zugunsten des jungen Mannes berücksichtigt worden. Wir wissen, dass der Verteidigung oft nicht hinreichend Gehör verschafft wird. Jaakov war ja sozusagen nur ein Mitläufer."

„Das sehe ich auch so."

„Also, ich werde einen Aufschub der Kreuzigung um vierundzwanzig Stunden beantragen. Der wird mir gewährt, weil ich – leider – das Kommando über die Hinrichtungskompanie habe. Zudem stehen noch drei andere auf der Todesliste. Vielleicht gelingt es mir, das Todesurteil in eine Geißelung abzumildern. Die Geißelung mit dem Flagrum, der Lederriemenpeitsche, ist schrecklich genug. Doch wenn ich es zustande bringe, den Todesspruch zu kippen, will ich auch dafür sorgen, dass keine Eisenstücke, Knochen und Widerhaken in die Lederriemen geflochten werden."

Jaakov sah den Hauptmann mit bittenden Augen an. Ein Keim Hoffnung blitzte in ihnen auf. Longinus wandte sich ab.

Jakobus nahm den Jüngling in die Arme. „Bete", sagte er, „bete zu unserem Herrn Jesus, der dich schon einmal aus dem Totenreich ins Leben geführt hat."

Der Hauptmann wiegte den Kopf. „Beten ist gut, verhandeln besser. Gebe Gott mir die richtigen Worte an höchster Stelle ein."

Es war an der Zeit, den verwaisten Platz unter den Zwölfen wieder zu besetzen. Simon Petrus wälzte seine Gedanken, kam aber zu keinem Entschluss, welcher der Herren, die ihm bekannt waren und einen soliden Lebenswandel führten, als Nachfolger des Judas Iskariot in Betracht kamen. Eine für ihn abwegige Vorstellung war, eine Frau in das Gremium zu berufen. Nein, Frauen brachten nur alles durcheinander. Da er zu keinem Ergebnis kam, fiel ihm ein, dass er eine solche Entscheidung wohl auch nicht allein treffen dürfe, denn die Möglichkeit, dass sich Widerstand regte, war nicht von der Hand zu weisen. Also ließ er die Jünger, die in Jerusalem und Umgebung zu Hause waren, per Boten zu sich rufen. Den anderen, so flehte er in seinen Gebeten, möge Gott einen Engel schicken, der ihnen einflöße, dass es an der Zeit sei, in die Heilige Stadt zurückzukehren.

Als die Elf im Abendmahlssaal beisammen waren – was nach zweieinhalb Wochen tatsächlich gelang – setzte Simon Petrus die Mitbrüder über die Notwenigkeit der Jüngernachfolge in Kenntnis und bat um Vorschläge. Es wurden allerlei Namen aufgerufen, klangvolle und Zungenbrecher, doch allmählich kam der Name des Matthias immer öfter ins Gespräch, sodass man schließlich zur Wahl schritt. Woher kannten sie ihn denn, diesen Matthias? Eigentlich kannte ihn niemand so richtig, man wusste von ihm nur, das er ein jüdischer Schriftgelehrter und geeignet war, die heilige Zahl zwölf wieder voll abzurunden.

Also schritt man zur Wahl. Matthias war ein würdiger Nachfolger von Judas Iskariot, diesem Verräter, der den Herrn um dreißig Silberlinge an die Häscher ausgeliefert hatte. Das war immerhin ein schöner Batzen Geld.

Als die Stimmzettel ausgeteilt wurden, meldete sich

Simon, der Zelot. „Warum sollen wir wählen, wenn wir nur einen Kandidaten haben? Eine Wahl bedeutet, dass wenigsten zwischen zwei Personen entschieden werden muss. Ich schlage als zweiten Kandidaten Joseph Barsabbas vor."

„Was? Joseph Barabbas?" Wie von einer Tarantel gestochen sprang Bartholomäus auf. „Mit diesem Verbrecher wollen wir nichts mehr zu tun haben."

„Du verwechselst Barabbas mit Barsabbas, Bartholomäus. Du solltest dir deine Ohren waschen", lachte Judas Thaddäus.

„Und du deine Füße. Die riechen bis unter die Zimmerdecke."

Die beiden Jünger knurrten sich noch eine Weile an, doch dann begannen sie zu schmunzeln. Schließlich klopften sie sich gegenseitig auf die Schultern, dass die Gewänder staubten. Die Liebe, die Jesus gepredigt hatte, hatte mal wieder gesiegt.

Der ungläubige Thomas hatte schon mal etwas von dem neuen Kandidaten gehört. „Wenn hier von Barsabbas die Rede ist, dann sicher von dem, den man auch Justus, den Gerechten nennt. Er ist bereits eine Weile Mitglied unserer Gemeinde."

Simon Petrus unterbrach das aufkommende Gemurmel mit einer energischen Handbewegung. Augenblicklich war es still. „Darf ich euch, erlauchte Brüder, an ein Wort erinnern, das wir gemeinsam abgefasst haben? Es lautet: ‚Das muss einer von den Männern sein, die mit uns – den übrigen Jüngern – gewesen sind in all der Zeit, in der der Herr Jesus bei uns ein- und ausging, und zwar von der Taufe des Johannes bis zu dem Tage, an dem er aufgenommen wurde. Mit uns soll er zum Zeugen seiner Auferstehung werden.'"

Schließlich fiel das Los auf Matthias.

Matthias, in Abwesenheit gewählt, nahm die Wahl an. Aber es blieb später – ohne sein Zutun – immer ein kleiner Makel an ihm haften. Denn als die Jünger schließlich in der Lage waren zu schreiben, vermerkten manche in der Chronik, ob der Herr nicht lieber Paulus von Tarsus unter den Zwölfen gesehen hätte, den er ja selbst unter ungewöhnlichen Umständen von einem Saulus in einen Paulus verwandelt hatte. Daher wurde Matthias manchmal auch „der dreizehnte Jünger" genannt.

Matthias blieb der stille Jünger. Das heißt, er machte nicht durch vielfaches und manchmal auch unnützes Gerede wie Simon Petrus auf sich aufmerksam, was die Mitbrüder mit Wohlgefallen vermerkten. Seine Diskussionsbeiträge waren klar fundiert, sachlich, ohne Polemik. Da die Überlieferung nicht viel von ihm zu berichten weiß, außer der sich widersprechenden Missionstätigkeit und Todesart, schaffte sich die Legende einen weiten Spielraum, auf der sie ihre Fantasie entfalten konnte. Dass er einmal durch den Jünger Andreas aus den Händen von Menschenfressern befreit worden sei, gereicht dem Bruder des Simon Petrus zur Ehre. Doch die Volksfrömmigkeit entwickelte in Verbindung mit dem einzigen Jünger, der nördlich der Alpen, nämlich in Trier, bestattet wurde, zahlreiche Bräuche, auf die die anderen elf nicht verweisen können. Am 24. Februar, seinem Gedenktag, schüttelten die Leute in Böhmen die Obstbäume in der Hoffnung auf eine reiche Ernte. In der Matthias-Nacht legte man auch feuchte Efeublätter ins Wasser. Waren sie am nächsten Morgen durchweicht, stand eine Krankheit ins Haus. Da kein anderer Jünger gewählt, sondern von Jesus berufen worden war, wurden in der Nacht zu seinem Gedenktag durch Los Liebes- und Todesorakel eingeholt. Im

aufkommenden Frühjahr hoffte man „Mattheis bricht das Eis", oder „Mattheis bricht's Eis – find er keins, so macht er eins", „St. Matthias hab ich lieb, denn er gibt dem Baum den Trieb", „Taut es vor und auf Mattheis, geht kein Fuchs mehr übers Eis." „Wenn Mattheis kommt herbei, legt die Henne das erste Ei."
Halt! Mit Sankt Matthias verbindet sich doch eine bedeutende theologische Aussage. Als die Jünger das erste Glaubensbekenntnis formulierten, stammte von ihm der so wichtige Schluss „et vitam aeternam" – „und das ewige Leben". Ohne diese göttliche Eingebung, die Matthias zuteil wurde, umgäbe uns am Ende unseres Lebens große Dunkelheit ...

Die „Messerschwinger", denen ein Mensch so viel bedeutete wie ein faules Stück Fleisch und den sie zerquetschten wie eine Laus im Pelz, hatten verschiedene Namen, die auf ihr unseliges Handwerk hinwiesen. Eigentlich, was vornehmer klingt, hießen sie „Sikarier", was auch „Messerschwinger" oder „Dolchträger" bedeutet, denn der Name leitet sich vom lateinischen Wort „sica" – Dolch her. Sie unterschieden wohl, gegen wen sie zu Felde zogen und ihre unheilvolle Tätigkeit entwickelten. Die Hebräer waren ihnen so lange gleichgültig, wie man sie in Ruhe ließ und nicht bei ihren Raubzügen behinderte. Doch sie hatten die Römer auf dem Kieker, das heißt, sie bekämpften die unwillkommene Besatzungsmacht, wo sich eine Gelegenheit bot, jedoch die Römer erwehrten sich ihrer Angriffe. Es war ein ungleicher Machtkampf: Eine starke, aus vielen tausend Soldaten bestehende Streitmacht, gut ausgebildet, hervorragend geschult auf der einen Seite, auf der anderen Seite eine gruppenweise auftretende,

aber gut trainierte und von ihrem Auftrag besessene Mannschaft. Eine Hyäne macht dem Löwen die Beute streitig – so könnte man das Verhältnis beschreiben.
Die Sikarier waren ein militanter Zweig der Zeloten. Sie planten kleine Angriffe an Orten, wo man sie nicht erwartete, wo sie aber die in geordneter Formation marschierenden Römer empfindlich treffen konnten. Sie verübten Nadelstiche ins Fleisch des mächtigen römischen Kolosses. Das war am besten in unwegsamen, abgelegenen Gegenden Galiläas möglich, dort war auch das Hauptgebiet ihrer Aktionen. Simon, einer der Jünger, gehörte bekanntlich zu den Zeloten, doch mit dem militanten Zweig der Bewegung wollte er nichts zu tun haben. Die Sikarier bekämpften auch politische Gegner und Kollaborateure und beseitigten sie durch Mord.
Eines Tages suchte Ariel den Jünger Simon Petrus in Jerusalem auf. Ariel war ein Bauer, der wie viele seinesgleichen am Rande des Existenzminimums lebte. Er kam nicht des Nachts wie Nikodemus zu Jesus, sondern ging in die Synagoge, während Simon Petrus dort betete. Geduldig wartete Ariel, bis Simon Petrus seine Lobpreisungen Gottes beendet hatte, dann sprach er ihn zögerlich an.
„Ich bin gekommen, werter Herr, um deinen Rat in einer Sache einzuholen, die mir im Herzen brennt."
Simon Petrus machte eine Handbewegung, dass sie nach draußen gehen und das Gespräch vor der Tür führen sollten, denn es waren noch andere Beter anwesend, die man nicht stören wollte und die auch nicht Zeugen des Gespräches sein sollten.
„Nun, was ist dein Begehr. Sprich schon und rede nicht umständlich um den Brei herum."
Es war ein schöner Tag, die Luft mild, die Häuser war-

fen ihre Schatten über die Straße und die Bäume waren erfüllt vom Zwitschern der Vögel.
„Herr, du bist, wie ich hörte, ein gelehrter Mann, dem der Unterschied zwischen Recht und Unrecht geläufiger ist als einem armen Bauern."
„Das sagt man von mir? Nun, ich bin nicht gelehrt. Ich bin ein einfacher Fischer."
„Ein Menschenfischer, wie ich hörte!"
„So? Ich versuche, die Lehre meines Meisters und Herrn Jesus den Menschen nahezubringen, das ist wahr. Aber mir fehlen die rechten Worte, ich bin nicht so geläufig mit der Zunge."
„Was deine Zunge nicht spricht, Herr, sagt dein Herz."
„Nenn mich nicht Herr, Ariel. Niemand ist Herr außer Gott. Doch wenn du einen Rat brauchst, wäre es besser, du suchtest einen Rabbi auf. Die Rabbiner sind für Ratschläge zuständig."
Ariel sah einem Pfau nach, der auf der Straße ein Rad schlug und die Pracht seines Gefieders entfaltete.
Dann sagte er: „Euer Meister und Herr hat einmal gesagt, dass man dem Kaiser geben soll, was des Kaisers ist, und Gott, was Gottes ist. Ist das richtig?"
„Es ist richtig, dass Jesus so gesprochen hat. Doch worauf willst du hinaus?"
„Sieh, Simon Petrus, ich bebaue ein ansehnliches Stück Land. Nicht zu groß, nicht zu klein. Ich bebaue es, wie mein Vater und der Vater meines Vaters und dessen Vater es bereits gebaut haben. Sie alle konnten davon leben und ihre Familien ernähren. Dieses Land war, wohlgemerkt, unser Eigentum. Seit Generationen war das so. Doch als die Römer ins Land kamen, in unser heiliges Palästina, da eigneten sie sich das Land an. Sie erklärten es zu ihrem Besitz. Nicht nur das unsere, sondern die ganze Gegend, ja, das ganze Reich.

Sie nahmen keine Rücksicht auf die Besitzverhältnisse. Sie ließen uns das Land bebauen, das ist wahr, wir durften pflanzen, säen und ernten. Doch dafür müssen wir Steuern zahlen. Stell dir vor: Man nimmt uns das Land weg und zwingt uns zudem Abgaben auf. Ich möchte dich fragen, ob das rechtens ist, da euer Herr doch sagt, man solle dem Kaiser geben, was des Kaisers ist und Gott, was Gottes ist. Das Land war nicht des Kaisers, Simon Petrus-Simon, niemals."
Simon Petrus lehnte sich gegen den Maulbeerbaum, unter dem er und Ariel Platz genommen hatten und überlegte. „Mit dieser Frage kamen schon die Pharisäer zu Jesus, allerdings in hinterlistiger Absicht. Sie wollten ihn auf die Probe stellen und hofften, Jesus würde die Steuer an die Römer verurteilen oder gar ablehnen. Doch das tat er nicht. Ariel, dir ist zweifellos Unrecht geschehen, indem man dir und den anderen das Land wegnahm und euch enteignete. Doch rate ich dir: Lehne dich nicht auf gegen das Unrecht. Ertrage es in Geduld. Es wird der Tag kommen, an dem dir Gerechtigkeit widerfährt, dir und vielen anderen, die jetzt leiden. Das Heilige Land, dessen Luft wir atmen und dessen Früchte wir genießen, ist von Gott gegebenes Erbe, das unveräußerlich ist. Mögen die Verhältnisse jetzt auch schwierig sein, eines Tages wird Gott sein Land von den Römern zurückfordern und es denen geben, denen es gehört— dir und den anderen Bauern, die es hegen und pflegen."
Das sagte Simon Petrus, weil die allgemein schlechte wirtschaftliche Lage als Vorbotin der Endzeit gewertet wurde. In dieser Zeit erwartete man einen letzten Krieg gegen die Gottlosen. Alle wollten daran teilnehmen, vor allem die arme Landbevölkerung, zu der auch Ariel gehörte, und unter der die Zeloten die meisten Anhän-

ger hatten. Es gab geheime Bünde, die einen Aufstand gegen die Römer planten. Wie Simon Petrus erfuhr, fanden die Zeloten auch Anhänger unter den Essenern.

Ariel zog nicht ganz befriedigt nach Hause, aber auch Simon Petrus wusste, dass er nur eine hinhaltende und unzureichende Antwort gegeben hatte. Er verließ den Platz vor der Synagoge und ging zum „Haus der Marien", wo der Jüngling von Naim sich von der Geißelung erholte. Es war eine fürchterliche, äußerst schmerzhafte Tortur gewesen, die er hatte ertragen müssen, und zweimal war er ohnmächtig zusammengebrochen. Die Schergen hatten ihn an einer Säule festgebunden und vierzig Hiebe mit der Lederriemenpeitsche, dem Flagrum, verpasst. Der ganze Rücken war eine einzige Wunde. Einige Schläge trafen die Nieren und sie brannten höllisch. Longinus war bei der scheußlichen Bestrafung nicht zugegen. Die Umwandlung der Kreuzigung in die Geißelung war das Äußerste gewesen, was er hatte erreichen können und auch das nur nach langen Disputen. Sein Vorgesetzter, ein General, hatte mit ihm lange darüber gestritten, ob die Abwandlung eines Urteils ohne erneute Gerichtsverhandlung überhaupt statthaft sei. Dann endlich war das erlösende Wort gefallen …
Jaakov lag bäuchlings auf einer Liege und stöhnte. Er hatte die Augen geschlossen. Doch an Schlaf war nicht zu denken, die Wunden schmerzten höllisch. Maria Magdalena, die immer einen kleinen Vorrat an kostbaren Ölen mit sich führte, hatte ihm den Rücken mit Wasser abgerieben und die zahlreichen Wunden mit Wein ausgespült, um weitere Entzündungen zu vermeiden. Jetzt griff sie nach indischer Narde, einer Pflanzenart aus der Gattung der Baldriane. Es war eine

Nutz- und Heilpflanze aus dem Himalaya, die schon in der Antike bekannt und durch Händler bis in den Mittelmeerraum verbreitet worden war. Sie wurde auch zur Zubereitung kostbarer Öle und Salben mitverwendet.

„Er hält sich großartig", nickte Maria Magdalena Simon Petrus zu, der sich über den jungen Mann beugte. „Er ist der Hölle entronnen, jetzt hoffen wir, dass er auch der Unterwelt entkommt und wieder ins irdische Leben zurückkehrt."

Simon Petrus lächelte Maria Magdalena zu. Obgleich er ihr ja nicht besonders zugetan war, schätzte er ihre Heilkünste und die Art, wie sie sie anwandte. Er konnte verstehen, dass Jesus ihren Augenaufschlag, ihre blitzenden Zähne und ihr langes schwarzes Haar mochte und ihre Anwesenheit unter den stupiden Männern wie einen Lichtblick wahrnahm. Zudem verstand sie es, ihr Wort zu machen. Sie hatte Jesus längst verstanden, wenn die Jünger noch seinen Aussagen nachsannen. Später sollte Matthias, der auch Levi genannt wurde, einmal zu Simon Petrus sagen: „Mein Bruder Simon Petrus, du bist von jeher aufbrausend. Und jetzt sehe ich, wie du dich gegen diese Frau groß machst, als hättest du einen Rechtsgegner. Wenn aber der Retter – Jesus – sie für Wert genug hielt – wer bist denn du, dass du sie verwürfest? Sicherlich kennt der Retter sie ganz genau. Und deshalb hat er sie auch mehr geliebt."

Auch Longinus, der Hauptmann, kam, um sich den Delinquenten anzusehen. Insgesamt war er mit seinem Zustand zufrieden. Es hatte ihn ein paar Silbermünzen gekostet, um den Henker, der auch für das Durchpeitschen zuständig war, davon zu überzeugen, dass er seine ständige Wut auf alles in der Welt nicht an einem Menschen auslassen dürfe, sondern verhaltener zuschlagen solle. Das war geschehen. Viele Verurteilte überlebten nicht einmal die Geißelung, und wenn, dann torkelten sie halb ohnmächtig vor Schmerzen zur Hinrichtungsstätte und mussten dabei auch noch den Querbalken des Kreuzes tragen. Der Gedanke an diese entsetzlichen Qualen, die auch Jesus durchlitten hatte, ließ Simon Petrus das Blut in den Adern gefrieren. Nein, schwor er, ich werde nie etwas tun, das mich in eine solche Lage und schließlich ans Kreuz bringt …

Hauptmann Longinus hatte einen Freund, sein Name war Stephaton. Eigentlich hatten sie sich erst bei der Kreuzigung Jesu näher kennengelernt. Zuvor waren sie sich zwar in der Kaserne mehrfach begegnet, doch sie hatten wenig Notiz voneinander genommen. Stephaton war dem Hinrichtungskommando des Longinus zugeteilt worden. Als Jesus am Kreuz rief: „Mich dürstet!“, war Stephaton hinzugesprungen und hatte dem Gekreuzigten einen Schwamm voller Essig gereicht. Ein fieses Getränk, das Posca hieß. Es war eigentlich das nichtalkoholische Lieblingsgetränk der römischen Bürger und vor allem auch der Legionäre und bestand aus Essigwasser. Oft wurde es auch dem schlechten Trinkwasser beigefügt.

Die Jünger hatten lange gemeint, der Mann, der Jesu Durst stillte, habe bewusst ein saures und ekliges Getränk in den Schwamm getropft und Jesus zugeführt. Nein, Stephaton hatte seine lederne Feldflasche geöffnet und über einen Schwamm entleert, den Schwamm auf einen Stock gespießt und zu Jesus hinaufgereicht. Es war also eher ein Akt des Mitleids, ja, der Nächstenliebe gewesen als die Einhaltung einer Vorschrift.

Longinus und Stephaton trafen sich eines Abends nach Ende der Dienstzeit in einer Taverne. Hier gab es nicht nur römischen, sondern internationalen Wein, und der Hauptmann freute sich, im Angebot auch einen trockenen Burgunder aus seiner Heimat zu entdecken. Württemberg war ein bekanntes Weinland, und die Sorten, die dort angebaut wurden, erreichten durch geschickte Händler sogar den Vorderen Orient.

Die Männer legten ihren Helm mit Nackenschutz und Wangenklappen ab. Da der Brustpanzer beim gemütlichen Sitzen hinderte, zogen sie ihn aus. Doch ihre Waffen behielten sie in Reichweite. Da sich noch andere

Soldaten in der Taverne aufhielten, befanden sie sich in relativer Sicherheit. Doch es kam immer wieder vor, dass sich kleine militante Gruppen gegen die Besatzungsmacht erhoben, indem sie in öffentliche Häuser eindrangen, in denen sie Römer vermuteten. Tavernen und Gasthäuser zählten dazu.
„Ich muss dir etwas sagen, jedoch behalte es eine Weile für dich", bat Longinus. „Ich werde den Dienst quittieren."
„Was willst du?"
„Aus dem Dienst ausscheiden, ja."
„Aber warum denn, lieber Freund?"
„Das ist in wenigen Sätzen nicht zu erklären. Zudem ist es hier zu laut. Ich müsste gegen den Lärm ankämpfen, und das liegt mir nicht."
„So lass uns hinausgehen, Longinus."
„Jetzt nicht. Jetzt freue ich mich auf den Burgunder. Aber das sei gesagt: Ich möchte etwas für die neue Gemeinde dieses Jesus von Nazareth tun, aber das kann man nicht im Soldatenkleid."
Stephaton nahm einen langen Schluck und stellte das Glas, sich das Kinn abwischend, auf den Tisch. „Mit dieser Überraschung muss ich erst einmal fertig werden", seufzte er.
„Ich habe mir die Sache wohl überlegt", fuhr Longinus fort. „Ich kann kein Blut mehr sehen, seit ich Jesus am Kreuz den Lanzenstich verpasste. Ich weiß seither, nenn es Eingebung oder Spinnerei, dass er der Sohn Gottes ist, der in die Welt kam, um die verrufene und von Gott getrennte Menschheit mit dem himmlischen Vater zu versöhnen."
Stephaton überlegte einen Augenblick. „Das ist zu hoch für mich", sagte er dann. „Schickt ein Gott seinen Sohn auf die Erde, lässt ihn hier seine Lehre verkünden und

greift nicht ein, wenn er zum Tode verurteilt und hingerichtet wird? Der Kreuzestod ist doch die schrecklichste aller Tötungsmöglichkeiten, das weißt du. Du hast ja oft genug diese furchtbare Prozedur begleiten müssen."
Der Hauptmann zuckte die Achseln. „Ich weiß, das alles klingt nicht logisch. Jedenfalls ist es mit unserem kleinen Menschenverstand nicht zu begreifen. Ich werde wohl noch viel nachfragen und beten müssen, um dieses Geheimnis zu durchschauen."
Longinus stieß mit dem Freund an. Die Gläser klangen hell. „Wir werden nachschenken, damit der Ton dunkler wird", scherzte er.
„Ich weiß nicht. Deine Worte machen mich ganz wirr. Ich denke, ich gehe nach Hause. Was soll ich denn ohne dich machen, wenn du aus dem aktiven Dienst ausscheidest? Meinst du, mir macht das Legionärsleben Spaß?"
In jüngster Zeit hatte es zahlreiche Deserteure gegeben. Sie, die meist zu den Söldnergruppen gehörten, waren untergetaucht und hatten versucht, Palästina zu verlassen. Jeder Flüchtling wusste, dass er, würde er aufgegriffen, ein schreckliches Martyrium erleiden musste, an dessen Ende unweigerlich der Tod stand.
„Hast du denn schon mit diesen Leuten von Jesus gesprochen?", erkundigte sich Stephaton.
„Nein, nicht in dieser Angelegenheit. Aber ich habe guten Kontakt zu ihnen, und ich glaube, sie wissen, dass ich ihnen wohlgesonnen bin."
„Aber was willst du bei ihnen tun? Auch in der Gegend herumziehen und die Lehre dieses Jesus verbreiten?"
„Das weiß ich noch nicht."
„Von deiner Pension kannst du jedenfalls nicht leben. Auch als Hauptmann nicht. Denn du hast das Ende deiner beruflichen Karriere noch nicht erreicht."
„Das weiß ich. Aber es wird sich ein Weg finden, Stepha-

ton. Bedenke, die Jünger die sich für Jesus entschieden, haben auch ihren Beruf aufgegeben, ihre Familien verlassen und sind ihm blindlings gefolgt."
Stephaton begann zu kichern. „Eine seltsame Truppe, Longinus. Sie sind wohl nicht alle gleich helle im Kopf, habe ich den Eindruck. Doch sie sind treu. Das zeichnet sie aus. Nur unter dem Kreuz auf Golgatha habe ich keinen von ihnen gesehen außer diesem Bleichgesicht."
„Johannes."
„Ja, und die Frauen natürlich. Die Frauen haben die Männer beschämt. Wenn du etwas für die Mannschaft dieses Jesus tun willst, Longinus, dann sieh zu, dass ein paar Frauen diese Männergesellschaft aufmischen. Sonst sehe ich schwarz."
Longinus' Lachen begleitete Stephaton noch bis unter die Haustür der Taverne.

Longinus hatte es bis zum Hauptmann gebracht, aber zuvor alle Phasen der Ausbildung durchlaufen. Er befehligte schließlich eine Zenturie, das waren achtzig Mann, die zum Beispiel als Hinrichtungskommando eingesetzt wurden. Zwei Zenturien bildeten ein Manipel, sechs Zenturien eine Kohorte, zehn Kohorten eine Legion mit ungefähr sechstausend Mann.

Doch jetzt war die Militärzeit beendet. Seine Vorgesetzten hatten Longinus nur ungern gehen lassen. Sie versuchten, ihn durch allerlei Versprechungen, eine bessere Wohnung, höheren Sold und eine in Aussicht gestellte Beförderung bei der Truppe zu halten, doch Longinus widerstand dieser Versuchung. Er hatte sich nun mal in den Kopf gesetzt, ein völlig anderes Leben zu beginnen, und der Abschied von der Armee war der erste Schritt dazu.

Jaakov, der Jüngling von Naim, war inzwischen so weit genesen, dass er ein paar Ausgänge wagte. Er spazierte vorsichtig um das Häuserkarree, verweilte einige Minuten in einem kleinen Park, in dem Kinder spielten, und ging dann durch die Gassen ins „Haus der Marien“ zurück.

Ich kann ihnen nicht ewig auf der Tasche liegen. Sie tun ja alles für mich, lesen mir meine Wünsche von den Augen ab. Aber diese Gutmütigkeit auszunutzen, wäre unfair. Ich muss sehen, dass ich wieder auf eigenen Füßen stehe. Doch damit dauerte es noch eine Weile. Jaakov fühlte sich zu matt, der Rücken schmerzte unter den Krusten, die sich inzwischen gebildet hatten, und manchmal platzte auch eine Wunde auf und begann zu bluten.

Jaakov wusste, wem er sein Leben verdankte, obgleich der Tod eine unverdient hohe Strafe für seine erzwungene Mitwirkung bei den Raubzügen der Messerschwinger gewesen wäre. Nur gut, dass seine Mutter diese Phase seines Lebens nicht mehr erlebt hatte.

Als Jaakov eines Abends von einem seiner kleinen Ausflüge zurückkehrte, sah er einen Mann, der in einem Winkel zwischen zwei Häusern stand und das „Haus der Marien" beobachtete. Er tat zwar teilnahmslos, doch wenn man genauer hinsah, bemerkte man, wie seine Augen immer wieder die Fenster des Hauses absuchten, als könne er hinter den Vorhängen etwas Bemerkenswertes entdecken. Auch die Haustür behielt er im Blick. Jaakov überlegte zunächst, ob er den Mann ansprechen und sich nach seinem seltsamen Verhalten erkundigen solle, doch dann wurde ihm klar, dass der Fremde ihm bei einer körperlichen Auseinandersetzung haushoch überlegen wäre, denn er war von kräftiger Gestalt. In diesem Augenblick bog Longinus um die Ecke. Er trug Zivil, machte einen fröhlichen Eindruck und summte vor sich hin.

„He, Jaakov, was treibst du denn hier draußen? Hast du das Loch vergessen, durch das du ins Haus schlüpfen kannst?"

„Still, Longinus, komm!"

Jaakov zog Longinus ein Stück vom Haus weg unter einen Maulbeerbaum.

„Was hast du? Was ist los?"

„Siehst du den Mann dort im Häuserwinkel?

„Was ist mit ihm?"

„Er steht jetzt eine halbe Stunde dort und beobachtet das Haus."

„Das ‚Haus der Marien'?"

„Eben. Ich möchte wissen, was das bedeutet."

Longinus pfiff durch die Zähne und starrte auf die andere Straßenseite.

„Du hast recht“, sagte er. „Der Mann wartet nicht auf seine Braut. Er hat etwas anderes im Sinn.“
„Was sollen wir tun?“
„Du tust gar nichts, Jaakov. Doch, du kannst etwas tun. Stephaton ist in der Sauna. Hole ihn. Er soll so schnell kommen wie er kann, sich aber unauffällig verhalten. Ich erwarte ihn hier.“
Der Jüngling von Naim tauchte in den Schatten und war verschwunden. Longinus behielt den Mann im Auge. Der lehnte jetzt an der Hauswand des gegenüberliegenden Gebäudes, tat gelangweilt, aber schaute unverwandt zu dem „Haus der Marien“. Als Stephaton erschien, erklärte Longinus ihm die Situation. Dem Jaakov aber befahl er, unbefangen das Haus zu betreten, ohne den Fremden zu beachten.
„Was denkst du, wer er ist?“, fragte Stephaton. „Jedenfalls ein Spitzel.“
„Stimmt. Wir müssen herausfinden, in welchem Auftrag er dort steht.“
„Ich tippe auf die Römer“, meinte Stephaton.
„Jesus ist für sie tot, seine Anhänger verstreut und sind keine Gefahr. Aber der Hohe Rat ist verunsichert nach den Gerüchten über Auferstehung und Himmelfahrt. Möglich, dass sie Jesus hier vermuten.“
Nachdem Jaakov das „Haus der Marien“ betreten hatte, tastete sich der Fremde näher an das Fenster im Erdgeschoss heran, linste durch die Schlitze im Vorhang, doch konnte er nichts entdecken, was ihm aufschlussreich erschienen wäre. Er stieß einen verhaltenen Fluch aus und ging.
„Komm!“ Longinus zog den Freund am Ärmel. „Wir werden ihm folgen.“
Um diese Zeit war Jerusalem nicht mehr so stark bevölkert wie am helllichten Tag. So war es leichter, jeman-

dem im Auge zu behalten als in der Menge bei Tag. Doch die Schatten, die die Häuser warfen, und die Dunkelheit der Gassen erschwerten ihr Vorhaben. Der Fremde trug Sandalen wie sie, und die gaben auf dem Pflaster keine Geräusche von sich, nach denen man sich hätte orientieren können. Der Weg des Mannes führte zum Sanhedrin. Es war fraglich, ob um diese Zeit noch jemand in dem weitläufigen Gebäude arbeitete. Der große Sanhedrin hatte einundsiebzig Mitglieder, daneben gab es ein kleineres Gremium von zweiundzwanzig Angehörigen. Im Haus wirkten Priester, jüdische Älteste und Schriftgelehrte, einige pharisäische Schriftgelehrte sowie Sadduzäer, die überwiegend adeligen Volksgruppen angehörten. Den Vorsitz führte der Hohepriester.

„Es wird schwer sein, mit ihm durch das Tor ins Haus zu schlüpfen", gab Stephaton zu bedenken. „Er wird dort mit jemandem zusammentreffen, dem er von seiner Beobachtung berichten muss."

„Das schätze ich auch. Aber viel wird er nicht zu erzählen haben. Es sei denn, er steht schon mehrere Tage auf seinem Beobachtungsposten und wurde von uns nicht bemerkt."

Der Fremde ging nicht auf das Haupttor, sondern auf einen Nebeneingang auf der Rückseite des Sanhedrins zu. Dort machte er durch den dreifachen Schrei eines Käuzchens auf sich aufmerksam. Sogleich öffnete jemand die Tür, ließ den Gast ein und schloss sie augenblicklich, nachdem er sich vergewissert hatte, dass die Luft rein war.

Der Mond trat aus den Wolken und warf sein Licht auf das repräsentative Gebäude. Longinus zog den Freund in den Schatten des Hauses. „Wir müssen dem Mann nach, aber unauffällig. Vielleicht ist die Tür nicht verschlossen."

„Wenn ja, habe ich meine Methode", erwiderte Stephaton und griff an den Gürtel seiner Uniform, wo neben dem Dolch einige kleine Werkzeuge steckten. Die Tür war verriegelt, doch mit einem Dietrich bekamen sie das Schloss bald auf.
„Ich werde mich hineinschleichen, während du hier wartest, und wenn jemand kommt, machst du einen Heidenlärm", schlug Longinus vor.
Stephaton wollte widersprechen, doch der Freund war schon im Flur des Gebäudes verschwunden. Er musste nicht lange suchen: Am Ende des Ganges stand eine Tür offen und das Licht einer Kerze fiel auf den Flur. Die beiden Männer wähnten sich offenbar ohne Zeugen, denn sonst hätten sie die Tür gewiss verschlossen.
Longinus tastete sich so weit vor, dass er die Stimmen unterscheiden konnte.
„Es ist nun die dritte Nacht, dass du uns nichts zu vermelden hast, Henoch. Die Leute werden doch nicht ewig hinter geschlossenen Fenstern hausen."
„So wahr ich vor dir stehe, Esau, ich habe nicht geschlafen. Es kommt niemand aus dem Haus. Einmal habe ich einen Mann hineingehen sehen, den sie Simon Petrus nennen. Doch wo er geblieben ist, entzieht sich meiner Kenntnis. Vielleicht gibt es einen zweiten Ausgang oder er steigt in das Kanalsystem hinab, das dort ja sehr ausgebaut ist."
„Also in Luft wird er sich doch nicht aufgelöst haben. Kaiphas, der Hohepriester, ist sehr daran interessiert, wer in dem Haus der Frauen ein- und ausgeht. Vor allem begehrt er zu erfahren, ob dieser Jesus, der gekreuzigt worden und bald darauf verschwunden war, am Ende nicht doch dort lebt. Joseph von Arimathäa ist aus dem Gefängnis entkommen. Wir haben die Vermutung, dass die Jünger Jesu mit seiner Befreiung zu

tun haben. Also, wir müssen wissen, wo dieser Jesus steckt."
„Man sagt doch, Esau, er sei in den Himmel aufgefahren."
„Hast du getrunken, Henoch? Das würde erklären, warum du so wenig erfolgreich bist."
„Entschuldige, das erzählt man sich in Jerusalem."
„Mit einer solchen Mär dürfte ich dem Hohepriester nie kommen. Er würde mich wegen Unfähigkeit aus dem Dienst entlassen."
„Und wenn doch etwas Wahres an der Geschichte ist?"
„Kaiphas ist ein kluger Kopf. Sonst wäre er nicht schon so lange im Amt. Du kannst ihm nichts vormachen. Komm mit nachprüfbaren Fakten und wir können zu ihm gehen und ihm berichten. Aber bring endlich Tatsachen, Henoch, sonst bist du bald deine Anstellung los und wir müssen dich durch Ruben ersetzen."
„Alles, nur das nicht. Ich habe Frau und sieben Kinder, Esau. Ich habe Pflichten."
„Auch gegenüber dem Hohen Rat. Also mach dich an die Arbeit."
Longinus hatte genug gehört. Er schlich zurück und entschwand durch die Nebentür ins Freie. Stephaton erwartete ihn schon.
„Nun, Erfolg gehabt?"
„Nein, oder doch einen kleinen: Wir wissen jetzt, dass sie an die Himmelfahrt Jesu nicht glauben, sondern ihn immer noch unter seinen Jüngern vermuten. Wir müssen Simon Petrus warnen."

Joseph von Arimathäa war den Verfolgern glücklich entronnen. Er hatte keine Zeit mehr nach Hause zurückzukehren, denn dort hätten ihn seine Häscher wohl am ehesten vermutet. Doch gelang es ihm, einem seiner Diener eine Nachricht zukommen zu lassen mit der Bitte, ein paar Kleidungsstücke und die Geldschatulle an einen bestimmten Ort zu bringen. Das geschah, wenn auch nicht ohne Schwierigkeiten. Denn das Haus wurde wohl bewacht. Der Diener packte die gewünschten Dinge auf einen Karren, bedeckte ihn mit Obst, spannte ein Maultier davor und tat so, als führe er zum Mark. Denn Joseph verfügte über reiche Plantagen. Simon Petrus hatte dafür gesorgt, dass zwei der Jünger, Judas Thaddäus, Sohn des Jakobus, und der ungläubige Thomas, Joseph von Arimathäa an der vereinbarten Stelle in Empfang nahmen und nach Norden weitergeleiteten.

Thomas, stets kritisch, hatte seine Zweifel, ob es ihm mit seinem Begleiter gelingen würde, unbemerkt von den Verfolgern das Ziel am Mittelmeer zu erreichen. Die Sorge war nicht ganz unbegründet, denn der Hohe Rat hatte Vorkehrungen getroffen, dass die Ein- und Ausgangsstraßen der Städte durch Posten kontrolliert wurden.

Longinus war jetzt nicht mehr im Amt, und so konnte er als römischer Offizier in behördliche Vorgänge nicht mehr eingreifen. Doch Stephaton trug noch die Uniform eines Kriegers, und die erweckte bei den Einheimischen gewissen Respekt. Er schloss sich also auf Simon Petrus Bitten der vierköpfigen Gruppe an und sorgte dafür, dass sie die Kontrollen umgehen konnten. Denn Josephs Diener war nicht zu bewegen gewesen, seinen Herrn zu verlassen und nach Arimathäa zurückzukehren.

Nach zwei Tagen erreichten sie die Stadt Caesarea Ma-

ritima, die Herodes der Große zu Ehren der römischen Kaiser hatte erbauen lassen. Die ehedem kleine phönizische Hafensiedlung Turris Stratonis war zu hohen Ehren gekommen. Es gab ein Theater und ein Hippodrom, eine Pferderennbahn. Prächtige Bauwerke vermittelten der Stadt das Flair einer modernen, luxuriösen und reichen Stadt mit Geschäftsstraßen, Bädern, Park- und Palastanlagen. Ein zehn Kilometer langer Aquädukt versorgte die Stadt mit Wasser aus dem Karmelgebirge.
Wichtig war es, möglichst unbemerkt die künstlichen Hafenanlagen zu erreichen, die durch gewaltige Wellenbrecher geschützt wurden. Am äußeren Hafengelände patrouillierten Soldaten, die die Abriegelung gegen die Stadt bewachten. Wollte man unmittelbar an die Kais, an denen Handelsschiffe be- und entladen wurden, wurde man einer gründlichen Kontrolle unterzogen. Stephanton war nicht aus der Ruhe zu bringen. Er bewegte sich ruhig, ohne das Augenmerk anderer auf sich zu ziehen, unterhielt sich mit Kollegen in Uniform und tat möglichst unbefangen. Es konnte möglich sein, dass der Sanhedrin Boten nach Caesarea geschickt hatte, um Joseph von Arimathäa an der Landflucht zu hindern, aber dann mussten gegenüber der römischen Obrigkeit schon gravierende Gründe vorliegen, um eine Verhaftung zu vollziehen. Religiös motivierte Gründe, zumal sie mit dem hingerichteten Jesus von Nazareth in Verbindung standen, hätten für die Besatzungsbehörde nicht für einen Haftbefehl ausgereicht. Der Delinquent war hingerichtet worden, dass er von den Toten auferstand, war unlogisch und gehörte nicht in die römische Vorstellungswelt.
Es war schwer, ein Handelsschiff zu entdecken, dessen Kapitän bereit war, Joseph von Arimathäa mitzunehmen. Doch wohin? Joseph fühlte sich alt, er hatte im-

merhin bereits für sein Grab gesorgt, und es schwebte ihm eine Insel in Griechenland als Wohnstätte für seinen Lebensabend vor. Aber der Kapitän hatte ein weiter entferntes Ziel im Sinn.

„Ich fahre nach Britannien", erklärte er. „Das ist eine wochenlange Reise. Wenn du sie dir zutraust und die Passage zahlen kannst, nehme ich dich gern mit."

Stephaton bestärkte ihn, in die entgegengestreckte Hand des Schiffsführers einzuschlagen, und auch die Jünger Thomas und Judas Thaddäus rieten ihm zu, denn in Palästina konnte Joseph nicht mehr sicher sein.

Zu Josephs Gepäck gehörte ein kleines Kästchen. Es bestand aus Silber und enthielt ein Fläschchen mit einer roten Flüssigkeit. Er hielt es ständig an sich gepresst und wollte es um keinen Preis aus der Hand geben.

„Was ist darin, dass du so geheimnisvoll tust?", fragte der ungläubige Thomas.

„Ich verrate es dir nicht. Wenn ich es dir sagen würde, würdest du es mir doch nicht glauben. Weil du so misstrauisch bist."

Thomas zog beleidigt ab. Aber auch Judas Thaddäus hatte keinen Erfolg. „Ich bin euch zu großem Dank verpflichtet, dass ihr mich bis hierher begleitet habt", sagte Joseph von Arimathäa, „aber dieses Geheimnis darf ich auf keinen Fall verraten. Vielleicht später einmal, wenn ich und dieses Kästchen in Sicherheit sind."

Stephaton fragte erst gar nicht. Er sorgte dafür, dass das Gepäck des Passagiers in einer kleinen Kabine verstaut wurde. Außer Joseph von Arimathäa waren noch zwei Reisende an Bord, Handelsleute, die nach Britannien zurückwollten und ihre Ware im Bauch des Schiffes verstaut hatten.

„Grüßt eure Brüder", bat Joseph zum Abschied, „und empfehlt mich auch den tapferen Damen, die unter dem Kreuz Jesu ausgeharrt haben."
Die ersten Tage verliefen ruhig. Die Segel knarrten im Wind, das Schiff machte Fahrt. Doch nach dem vierten Tag wurde das Meer unruhig, die Wellen erhoben sich und klatschten gegen die Bordwand. Der Kapitän befahl, die Segel bis auf Halbmast einzuholen, um das Schiff nicht den gewaltigen Brechern auszusetzen. Schließlich wuchs der Sturm zur Orkanstärke an. Das Schiff wurde hochgerissen und tauchte augenblicklich in ein Wellental hinab. Den drei Passagieren war aufgetragen worden, sich in ihren Kajüten aufzuhalten und mit Stricken an einem eigens dafür vorgesehenen Griff in der Wand festzubinden, damit sie nicht gegen die Wände oder Möbel geschleudert würden.
„Schuld an diesem Unwetter ist der Mann, der sich so komisch verhält. Er besitzt ein Kästchen, das er nie aus der Hand legt", sagte der Smutje in der Kombüse, Plinius war sein Name, zum Matrosen Kadmos. Plinius war abergläubisch. „Wenn wir ihm das Kästchen stehlen oder dem Mann aus der Hand reißen und ins Meer werfen, wird sich das Wasser beruhigen."
Kadmos schüttelte den Kopf. Solchen Unsinn hatte er noch nie gehört. Aber da Plinius ihm gelegentlich außer der Reihe ein Stück Pökelfleisch zusteckte, äußerte er seine Meinung nicht.
„Ich werde mich in dieser Nacht in die Kajüte des Mannes schleichen und das Kästchen an mich nehmen."
„Er wird es dir gewiss nicht freiwillig hergeben."
„Dann bekommt er eins über die Rübe."
„Und hinterher? Der Fremde wird sich beim Kapitän beschweren und dann bist du dran." Kadmos versuchte, Plinius von seinem unseligen Plan abzubringen.

„Erstens wird er mich in der Dunkelheit nicht erkennen und weiß nicht, wer den Überfall verübt hat, und zweitens wird sich das Meer sofort beruhigen. Dann kann ich ja gestehen, woran es gelegen hat und bekomme noch eine Belobigung."
Kadmos sagte nichts, er konnte an die ganze Geschichte so recht nicht glauben. Welches Geheimnis sollte das Silberkästchen denn bewahren, dass es die Elemente zügelte?
Der Sturm wurde heftiger. Die Wellen schlugen über das Deck, einer der Männer, der in der Takelage beschäftigt war, ging über die Reling. Der Kapitän ordnete an, einen Teil der Fracht über Bord zu werfen, wogegen vor allem der Engländer protestierte, der seine Handelsware in Gefahr sah. Matrosen und Passagiere befanden sich in steigender Unruhe. Sie löcherten den Kapitän mit Fragen, ob man den Kurs ändern oder den nächsten Hafen ansteuern solle.
„Kurs ändern? Dann fahren wir noch schneller in den Untergang hinein!", schrie der Schiffsführer. „Der nächste Hafen ist meilenweit entfernt. Zudem müssten wir Felsen und Untiefen umfahren. Das ist bei diesem Wetter überhaupt nicht möglich. Betet lieber, dass wir mit dem Leben davon kommen."
Das Wort des Kapitäns war für Plinius das Signal, seinen teuflischen Plan sobald als möglich zu verwirklichen. Er wartete bis Mitternacht, dann schlich er sich an die Kajüte des Mannes heran. Behutsam drückte er die Klinke. Auf dem Tisch brannte ein Licht. Zunächst sah er niemanden. Er wollte den Raum gerade wieder verlassen, als er Joseph von Arimathäa betend auf dem Boden in der Ecke knien sah. Das Silberkästchen war nicht zu sehen.
„Was willst du hier?", fragte Joseph aufblickend. „Mei-

nes Wissens ist es nicht statthaft, dass das Personal die Passagierräume betritt."

„Du bist die Ursache des Unheils!", schrie Plinius. „Los, gib das Kästchen heraus. Wenn es auf dem Grunde des Meeres liegt, wird sich der Sturm sofort legen."

„Wer erzählt denn solchen Unsinn?" Joseph erhob sich. Plinius war breitschultrig und groß und ihm an Stärke weit überlegen.

„Los, mach schon. Wo ist das Silberkästchen? Du hast es doch sonst immer in deiner Hand."

„Du wirst es niemals bekommen. Eher sterbe ich!"

„Das wirst du sowieso, wenn du weiterhin so stur bist. Meinst du, wir wollten deinetwegen zur Hölle fahren?"

Die Tür öffnete sich. Kadmos stand schwankend auf der Schwelle. Selbst auf die Gefahr hin, dass er zukünftig kein Stück Fleisch zusätzlich erhielt – diesen Unsinn konnte er nicht mitmachen. „Los, komm, lass den Herrn in Ruhe, oder bete wie er. Das hilft mehr als deine verrückte Idee."

Plinius wollte sich auf Kadmos stürzen, doch in diesem Augenblick erschien der Engländer, vom Lärm nebenan alarmiert, und fragte, was los sei.

„Eine kleine Meinungsverschiedenheit", sagte Joseph von Arimathäa. „Ich glaube, dass sich der Herr hier schon wieder beruhigt hat."

„Und ich schloss schon, es gäbe Mord und Totschlag." Plinius stürmte davon.

Kadmos versuchte, Worte der Entschuldigung zu finden. Sein Freund sei nun mal so, abergläubisch und auch nicht ganz richtig im Kopf. Das Einzige, was er wirklich gut könne, sei, einen Kaninchenbraten herzurichten. Der habe es freilich in sich. Mit den Gewürzen und so. Vielleicht liege es jedoch auch an der Länge der Bratzeit.

Joseph von Arimathäa lächelte, der Engländer schüttelte verwundert den Kopf und ging. Während ihres Gespräches hatten sie nicht bemerkt, dass der Sturm schlagartig zum Erliegen gekommen war. Zwar war der Wellengang noch beachtlich hoch, aber nun würde es nicht mehr lange dauern, dass sich das Meer beruhigte. Plinius spinnt, wenn er glaubt, das habe mit dem Silberkästchen zu tun, dachte Kadmos, während er an seinen Arbeitsplatz zurückkehrte. Der Kapitän hielt die Hand über die Augen und blickte in die Ferne. Der Himmel am Horizont hellte sich auf. „Wir haben das Schlimmste überstanden", brummte er.

Lazarus war ein in Bethanien geschätzter und mit Jesus befreundeter Mann. So oft er kam, das Haus der Marien stand ihm offen, und er genoss die Gastfreundschaft der drei Bewohner. Seit Jesus verhaftet und zum Kreuzestod verurteilt worden war, weilte Maria in Jerusalem. Als die Nachricht eintraf, ihr Herr und Meister stehe vor Pontius Pilatus und dem Hohen Rat, machte sie sich sofort auf den Weg in die Heilige Stadt, um in Jesu Nähe zu sein. Martha konnte sich noch nicht entschließen, mitzureisen. Einer musste schließlich Lazarus bekochen und das Haus in Ordnung halten. Doch dieser Vorwand hatte nicht für immer Bestand. Martha änderte sich und ihre Meinung.

Es war immer ein Freudentag, wenn Maria und Martha aus Bethanien zu Besuch kamen. Dann war das „Haus der Marien" voll bis auf den letzten Platz. Simon Petrus musste dann sein Zimmer räumen und auf dem flachen Dach sein Bett aufschlagen. Hier oben befand sich gleichsam ein zusätzlicher Raum, hier wurde nicht nur oft gegessen, sondern hier stand zur Zeit des Laubhüttenfestes, Sukkot, dem dritten der von Mose ins Leben gerufenen Wallfahrtsfeste, die Palmhütte. Von hier oben konnte man eine herrliche Aussicht auf die Stadt genießen. Zunächst hatte Simon Petrus unwirsch reagiert, als Maria Salome ihm bekundete, er müssen seinen Platz abtreten, aber als ihm bewusst wurde, welche Bedeutung die Marien und Martha für Jesus gehabt hatten, hielt er sich mit Einwänden und Kritik zurück. Er konnte vielmehr davon ausgehen, dass, wenn es um den Duft von Mandelkern, Zimt, Safran und Bärlauch ging, ein himmlisches Begrüßungsmahl zu Ehren der Gäste im Entstehen war, an dem er und Jaakov, der Rekonvaleszent, gewiss teilnehmen durften.

Martha legte sich auch hier ins Zeug. Sie wog und siebte Mehl, maß Milchportionen und Eigelb, knackte Nüsse und schälte Apfelsinen. Es würde ihr nie jemand mehr wie seinerzeit beim Besuch des Meisters und Freundes sagen, Maria habe den besseren Teil erwählt, der ihr nicht genommen werden könne. Und das nur deshalb, weil sie ihre Schwester Martha hatte schuften lassen, während Maria zu Füßen Jesu saß und seinen Worten lauschte. Lazarus, der in Bethanien geblieben war, war guter Dinge. Nachdem Jesus ihn vom Tode erweckt hatte, genoss er daheim Privilegien. Seine Schwestern umsorgten ihn wie ein kleines Kind; Lazarus ließ es sich gefallen. Jetzt blieb er zum ersten

Mal seit Wochen allein daheim, und seine Schwestern hatten lange beratschlagt, ob sie ihm das antun durften.

Während die Frauen in der Küche das Essen bereiteten, saß Simon Petrus auf dem Dach und schaute ins Weite. Jaakov gesellte sich für kurze Zeit zu ihm, doch dann zog er es vor, sich noch ein wenig vor der Mahlzeit, die ihre Zeit dauern würde, hinzulegen.

Simon Petrus wachte auf, als der Ruf „Essen ist fertig! Händewaschen nicht vergessen!“ durch das schmale Treppenhaus erscholl. Er brauchte einige Augenblicke, bis er wusste, wo er war. Dann ging er hinab, befolgte die Anweisungen von Martha von Bethanien und setzte sich zu Tisch. Während des Essens wurde nicht gesprochen. Die beiden Männer saßen vor Kopf, die Frauen zu beiden Seiten des Tisches. Es schmeckte vorzüglich. Maria und Martha waren in Gedanken bei dem Festmahl, dass sie Jesus kurz vor seiner Kreuzigung bereitet hatten und auch bei dem Tag, als der Herr ihren verstorbenen Bruder Lazarus im Felsengrab zum Leben erweckt hatte. Maria Salome wunderte sich, dass Martha nebenbei immer mal wieder einen Blick aus dem Fenster warf.
„Ist etwas?“, fragte sie.
„Dort an der Ecke im Häuserschatten gegenüber steht ein Mann, der dieses Haus zu beobachten scheint. Ich sehe ihn schon seit Stunden dort. Weiß Gott, was er hier will.“
„Der steht jeden Tag da. Manchmal wird er abgelöst, dann kommt ein anderer und stellt sich dorthin.“
„Und ihr habt nicht gefragt, was er dort will?“
„Wir haben uns nicht getraut.“
„Wir haben doch nichts zu verbergen“, schaltete sich Maria Magdalena ein.

Martha, deren Kochkünste an ihrem eigenen Leibe abzulesen waren, denn sie war kräftig gebaut und hatte starke Arme, stand wortlos auf, ging zum Herd, nahm den größten Kochlöffel, der vorhanden war, lief hinaus und geradewegs auf den Beobachter zu. Der hatte mit Besuch nicht gerechnet, drehte sich um und tat, als blicke er gelangweilt die Straße hinab.

„He, guter Mann, was starrst du immer auf dieses Haus? Gefällt dir die Architektur oder der Farbanstrich?"

„Ich kann stehen, wo ich will."

„Selbstverständlich. Aber immer an einer Stelle – das wird doch langweilig."

„Das geht dich nichts an."

„Aber tun dir die Beine nicht weh? Soll ich dir einen Stuhl herausbringen, damit das Beobachten gemütlicher wird?"

Der Mann stutze, mit Widerworten einer Frau hatte er nicht gerechnet.

„Scher dich, lass mich in Frieden. Sonst ..."

Weiter kam er nicht. Martha baute sich vor ihm auf, schwang den großen Kochlöffel und drohte, auf den Mann einzuschlagen. Der Fremde machte, dass er davonkam.

„Das wird Folgen haben", schrie er, „Das wird Folgen haben."

Martha kehrte befriedigt ins Haus zurück.

„Den wären wir erst einmal los", sagte sie schnaubend. „So schnell lässt der sich hier nicht mehr blicken."

Die anderen antworteten nicht.

„Was ist los? Was habt ihr? War euch der Mann nicht lästig?"

„Vielleicht hast du uns jetzt in noch größere Gefahr gebracht", meinte Maria Salome.

„Wie das?"

„Vielleicht war er Spion, der im Auftrag des Sanhedrins etwas herausfinden sollte."
„Was sollte er denn finden? Hier wohnen ein paar alte Frauen, wer sonst?"
„Du vergisst Simon Petrus und den Jüngling von Naim, Martha", sagte Maria, die Gottesmutter.
„Die beiden harmlosen Naturen? Wer interessiert sich schon für die? Nein, ich glaube, wenn überhaupt, dann sind die Frauen, die unter dem Kreuz Jesu standen, gemeint."
„Wie kommst du denn darauf?", fragte Maria des Kleophas. „Wir haben doch nichts getan."
„Immerhin wart ihr Zeugen der Kreuzigung. Seither tut sich hier in Jerusalem etwas mit der Gemeinde Jesu. Der Hohe Rat spürt die Unruhe. Vielleicht will er herausfinden, ob ihr aktiv daran beteiligt seid. Denn man hält euch für starke Frauen."
Simon Petrus warf den Knochen, an dem er lange genagt hatte, auf den Teller und tauchte die Finger in das Wasserschälchen. „Was tut sich hier, von dem ich nichts weiß? Wenn sich hier etwas tut, dann muss ich es wissen. Ich bin schließlich der Nachfolger des Herrn, der Oberste von allen, gewissermaßen. Ich habe den Schlüssel."
„Wo?", fragte Martha trocken. „Und wozu?"
„Davon verstehst du nichts. Das wird uns der Heilige Geist offenbaren, wenn er denn kommt."

Pontius Pilatus mied Jerusalem. Er hasste diese Stadt und hielt sich dort nur auf, wenn es sich nicht vermeiden ließ. Wenn die Staatsgeschäfte und die Gerichtssitzungen es erforderten. Die Nähe zum Sanhedrin, zum Hohen Rat und den Tempeloberen irritierte ihn. Ihre Forderungen waren zuweilen unverschämt. Deshalb mied er ihre Nähe. In jüngster Zeit hatte er manche schlaflose Nacht. Die regulären Verwaltungsgeschäfte liefen zwar gut, und bis auf einige Meldungen bezüglich wiedereingefangener Deserteure und eines kleinen Aufstandes in Damaskus lagen ihm keine Neuigkeiten vor. Mit den Deserteuren würde man wie üblich verfahren – Rübe ab, aber erst nach langen Torturen zur Abschreckung für die, die sich möglicherweise ebenfalls mit dem Gedanken, die Armee zu verlassen, trugen. Mit kleinen Aufständen wurden die überragenden Legionen Roms schnell fertig.

Nein, was Pontius Pilatus in jüngster Zeit schlaflos machte, waren Gewissensbisse, die er bisher nicht gekannt hatte. Er hatte sich von den Juden im wahrsten Sinne des Wortes über den Tisch ziehen lassen, als er ihrem Verlangen, diesen Jesus von Nazareth zum Tode zu verurteilen, stattgegeben und an seiner Stelle den Barabbas freigelassen hatte. Dieser Barabbas machte wieder verschiedene Gegenden des Landes unsicher. Man meldete der römischen Behörde Einbrüche der „Messerschwinger", aber mehr noch Morde an bekannten Persönlichkeiten, die Bürger Roms waren. Im Grunde war dieser Jesus von Nazareth ein Narr gewesen, ein Fantast, der die Welt durch Liebe verändern wollte, ein Schwärmer, ja, vielleicht auch ein Prophet. Die Unterhaltung mit ihm war nicht sehr ergiebig gewesen, zeitweise hatte er sogar geschwiegen. Ein König wolle er sein, behaupteten die Juden, der Messias – das war doch lächerlich! Religiöse Streitigkeiten gingen ihn, Pontius Pilatus, nichts an. Die sollten die Hebräer unter sich ausmachen. Es durfte nur niemand politische Macht anstreben. Die Behauptung, Jesus habe erklärt, er sei der König der Juden, war natürlich politisch motiviert. Darauf stand die Todesstrafe. Doch der Nazarener hatte sich dazu nicht eindeutig geäußert. Schweigen war hier eben nicht Gold …

Die Frage „Was ist Wahrheit?" hatte ihn, den Vertreter der römischen Obrigkeit, lange beschäftigt, aber sein Gewissen reichte nicht in die Tiefe, in der man eine solche Frage diskutieren konnte. Wahr war, was dem Staat nützte, alles andere war Spekulation für Narren und Philosophen. Aber die Vertreter des Hohen Rates waren im Falle Jesu hartnäckig gewesen und hatten ihn in die Enge getrieben. Schließlich, der Dinge überdrüssig, hatte der Statthalter klein beigegeben. Er wollte am Sabbat mit Claudia Procula, seiner Frau, ans Meer, weg aus Caesarea Maritima, seiner Residenzstadt. Der Wagen stand schon bereit, die Speisen für das Picknick waren wohlverpackt, der Kutscher und zwei Soldaten des Personenschutzes warteten.

Da ließ Claudia Procula ausrichten, ihr Gatte möge die Reise in den Badeort verschieben, sie habe Migräne.

„Wenn man sich schon einmal auf etwas freut", brummte der Präfekt. „Der Alltag ist hier anstrengend genug. Wenigstens ein paar Stunden Entspannung hätten mir gut getan."

Er schickte die Dienerin mit dem Auftrag zurück, er werde ausschirren und die Fahrt auf übermorgen vertagen lassen.

Pilatus ging missmutig in sein Büro, unterschrieb ein paar Todesurteile sowie eine Eingabe an den Landpfleger von Syrien, Publius Sulpicius Qirinus, der zugleich Kommandeur der römischen Orientarmee war. Pontius Pilatus war der fünfte Statthalter auf dem Posten in Palästina. Er hatte eine militärische Karriere absolviert und war nun schon über Jahre im Amt, ein Zeichen, dass der Kaiser in dieser unruhigen Provinz mit ihm zufrieden war. Zwar hieß es später über die Jahre, in denen Kaiser Tiberius an der Spitze des Reiches stand: Es herrschte Ruhe im Imperium. Vom Leben und Sterben Jesu waren kein Wort und kein Laut zu ihm gedrungen. Nachdem er die letzten Amtsgeschäfte erledigt hatte, ging Pilatus in seine Residenz hinüber und betrat die Privatgemächer, wo Claudia Procula auf einem Diwan ruhte. Eine Dienerin kühlte ihre Stirn mit einem feuchten Tuch. Als der Präfekt eintrat, huschte die Magd hinaus. Claudia Procula sah ihrem Mann an, dass er nicht gut gelaunt war. Er unterließ es, sie zu küssen, was sonst seine Gewohnheit beim Betreten des Raumes war. „Schade, ich hatte mich auf die Abwechslung gefreut. Nur Gericht zu halten und Entscheidungen zu fällen, stumpft einen Menschen ab. Wie stark ist deine Migräne dieses Mal?"

„Nicht ganz so heftig wie gestern. Aber schlimm genug, dass ich mich am liebsten in ein dunkles Loch verkriechen möchte." Claudia Procula schloss die Augen. Selbst das verbliebene Licht in dem abgedunkelten Raum tat ihren Augen weh.

„Mir geht dieser Jesus nicht aus dem Sinn", sagte sie nach einer Weile. „Er hat so viel Gutes getan und musste am Kreuz enden. Ich kann das nicht begreifen."

„Aha, daher weht der Wind." Der Präfekt ließ sich auf einem mit Samt überzogenen Hocker nieder.

„Ich möchte nicht, dass man dir ewig nachsagt, du habest etwas mit dem Tod dieses Mannes zu tun."

„So, tut man das?"

„In den Gassen Jerusalems ist davon die Rede. Mir sagt man so etwas natürlich nicht. Jedoch meine Dienerinnen Saphira und Tabita haben es gehört und mir berichtet."

„Erinnere mich nicht an eine schwache Stunde", erwiderte Pontius Pilatus unwirsch. „Ich weiß selbst, dass es sich in diesem Fall um einen Justizirrtum handelt.

Doch die Vertreter des Hohen Rates haben ihre Strategie geschickt eingefädelt und behauptet, dieser Jesus wolle sich zum König der Juden machen. Da musste ich eingreifen und das nach dem Gesetz höchste vorgeschriebene Strafmaß verhängen."
Claudia Procula richtete sich auf. Sie bat ihren Mann, die Vorhänge noch mehr zu schließen. „Hast du keine Angst, dass von den Anhängern dieses Mannes eine Gefahr ausgeht? Es sollen Hunderte, ja, Tausende sein, die in ganz Palästina verbreitet sind."
„Angst?" Pilatus lachte laut auf. „Der Gründer dieser Bewegung ist tot. Wenn der Meister tot ist, zerstreuen sich die Vasallen. Das lehrt uns die Geschichte."
Die Frau schüttelte den Kopf. „Genau das wird nicht geschehen. Die Lehre Jesu wird sich ausbreiten, über die Grenzen des römischen Imperiums hinweg, in die ganze Welt."
„Sagen das auch deine Dienerinnen Saphira und Tabita?"
„Nein. Ich habe es geträumt."
„Geträumt. So. Muss ich den Arzt kommen lassen, Claudia Procula?"
„Es gibt Träume, die in die Zukunft gerichtet sind. Einerseits habe ich keine Angst vor ihnen, denn die Botschaft, die sich ausbreiten wird, ist von Frieden, Nächstenliebe und Toleranz geprägt. Andererseits ..."
„Was noch?"
„Andererseits wird dein Name verunglimpft. ‚Gelitten unter Pontius Pilatus' wird man sagen. Das habe ich geträumt."
Der Präfekt blickte auf den Vorhang, der den Tag abschirmte, aber doch einen Streifen Licht ins Zimmer ließ. Wenn man wissen würde, was sich draußen zusammenballte ... Blieb nicht auch dem Varus, dem

Vorgänger von Quirinius, ein Loblied erspart, weil er nach dem Tode Herodes des Großen einen Aufstand seines Sohnes, der ein eigenes Königreich errichten wollte, niedergeschlagen und zweitausend Juden ans Kreuz hatte schlagen lassen?

„Es ist immer die gleiche Leier", rief Pontius Pilatus, „bist du siegreich, dann zählen die Toten nicht, setzt man dich ins Unrecht, dann ist auch der einzelne, der zu Tode gekommen ist, ein Held."

„Vae victis" – seufzte Claudia Procula.

„Ich bin noch lange nicht besiegt", konterte der Statthalter der Provinz Judäa.

Doch über dem Leben des Pontius Pilatus zogen dunkle Wolken auf. Als er einen Zug Samaritaner mit brutaler Gewalt am Besteigen des heiligen Berges Garizim hinderte, musste er sich vor dem Legaten Syriens, Vitellius, verantworten. Vitellius als sein Vorgesetzter befahl ihm, sich vor dem Kaiser zu rechtfertigen. Doch als Pilatus in Rom eintraf, war Tiberius, der sich zuvor nach Capri zurückgezogen hatte, gestorben. Die Gerüchte besagten, Pontius Pilatus habe sich auch am Tempelschatz bereichert und auf Kosten der Staatskasse eine Wasserleitung in sein Haus legen lassen. Weitere Anklagepunkte beschrieb Philo von Alexandria: Bestechung, Beleidigung, Raub, Gewalttätigkeit, Zügellosigkeit, wiederholte Hinrichtungen ohne juristische Verfahren, konstante Ausübung von extrem leidvoller Grausamkeit. Philo von Alexandria, der bekannteste Denker des hellenistischen Judentums, war ein einflussreicher jüdischer Philosoph und Theologe.

Maria, die Mutter des Herrn, genoss die Stunden, wenn sie einmal allein zu Hause weilte und die anderen Marien auf dem Markt oder in der Synagoge waren. Sie fühlte sich in letzter Zeit nicht wohl, und so bat sie ihre Mitschwestern, ihr den Gang zur Gebetsstunde zu ersparen. Seit Martha, die mit ihrer Schwester Maria wieder nach Bethanien zurückgekehrt war, den Späher im Häuserschatten unsanft vertrieben hatte, hatte sich niemand mehr sehen lassen, der ihre Wohnung ausspionierte. Was nicht bedeutete, dass man nicht doch von einer anderen Warte aus Einblick in ihr Leben und das der Gäste nahm.

Maria trauerte ihrem Sohn nach, obgleich sie ihn beim himmlischen Vater wusste. Jedoch die Kluft zwischen der Erde und dem Firmament war für Lebende unüberwindbar und konnte nur im Tod überbrückt werden.

Sie sah Simon Petrus von Tag zu Tag unruhiger und fahriger werden. Der Heilige Geist machte immer noch keine Anstalten, auf die Jünger herabzukommen. Was würde er ihnen offenbaren? Und warum schob er sein Erscheinen so weit hinaus?

Maria sann über die Worte nach, die die Propheten und Weisen des Alten Bundes über das Kommen des Messias geweissagt hatten. Es war schwer zu verstehen, warum die Menschen diese Weissagungen nicht ernst genommen oder nicht begriffen hatten. Sie waren doch so eindeutig. Man musste sie nur in den rechten Zusammenhang bringen. Im Grunde gab es über dreihundert Prophezeiungen über den kommenden Messias. Warum erkannten die Bewohner Israels nicht, dass in Jesus der versprochene Retter der Welt erschienen war? Warum warteten sie immer noch auf einen anderen?

Simon Petrus kam herein und unterbrach Marias Gedanken. Er sah traurig aus und unschlüssig, was er tun sollte. Dieses Warten auf den Heiligen Geist! Er fürchtete, dass die Jünger Jesu auseinanderliefen, weil sie keine Führung mehr besaßen. Und er, Simon Petrus, war verantwortlich, dass sich die Gemeinde im Geist des Herrn versammelte und seine Botschaft weitertrug bis an die Grenzen der Erde. Jesu Jünger wussten nicht, wie groß diese Erde war.

„Ich störe doch nicht?“, fragte er.

„Du stört nie, Simon Petrus. Willst du dich zu mir setzen?“

Noch zögerte der Mann, den ihr Sohn zu seinem Nachfolger auf Erden auserwählt hatte, manchmal ein Großmaul, ein unwirscher Kopf, jetzt kleinlaut und ängstlich.

„Du betest gewiss oder denkst über die Zukunft nach?“

„Nein, mein Freund, ich habe mir ins Gedächtnis gerufen, wie Jesus damals auf die Welt kam und welche Propheten sein Kommen vorausgesehen haben.“

„Das waren eine Menge“, ereiferte sich Simon Petrus. „Schon Mose hat den Herrn erkannt und Daniel.“

„Ja, und Hosea, Jesaja und Sacharja. Doch am meisten wohl Jesaja. Viele Prophezeiungen deuteten auf das Kommen des Erlösers, des Messias hin.“

Simon Petrus seufzte. „Jahrtausende haben auf ihn gewartet, und jetzt, nachdem er auf Erden war und sein Leben vollendet ist, nachdem er uns seine grenzenlose Liebe gezeigt hat und seine Botschaft von vielen Menschen verstanden wurde, jetzt geht es nicht weiter. Ich weiß nicht wie. Ich bin nur ein armer Fischer, Maria. Ich habe außer den paar Jahren im Lehrhaus nichts gelernt. Nur fischen. Was nützt es mir, wenn ich Teile der Bibel auswendig kann, aber nicht weiß, wie man Menschen führt? Warum kommt der Heilige Geist nicht, den der Herr uns versprochen hat, damit wir wissen, wie wir in Zukunft wirken sollen.“

Maria lächelte. „Du sagtest eben, Simon Petrus, dass Jesus uns die grenzenlose Liebe gezeigt hat, die grenzenlose Liebe Gottes zu seinen Geschöpfen. Gib diese Liebe weiter, mein Guter, jeden Tag durch Freundlichkeit, Hilfsbereitschaft, durch Zuhören und Trösten – dann hast du den Heiligen Geist in dir."

„Aber ich bin kein Stratege, wir brauchen doch ein Programm. Es kann doch nicht jeder für sich ..."

„Doch, ein jeder für sich", unterbrach Maria den Besucher. „Wenn jeder diese Liebe lebt, dann predigt er sie durch sein Beispiel, und je mehr Beispiele es gibt, umso größer ist die Wirkung. Diese Liebe muss ansteckend wirken, lieber Simon Petrus, verstehst du?"

Die Frauen kamen vom Markt zurück. Man hörte ihr Reden bereits vor der Haustür. Maria Salome lachte schallend. Offensichtlich gefiel den Frauen die Wohngemeinschaft, die WG, in der sie lebten. Simon Petrus lächelte Maria zu und zog sich zurück. Gott sei Dank musste er jetzt nicht mehr auf dem Dach schlafen.

Thomas, der Ungläubige, aber auch als Didymus bekannt, der wie Simon Petrus und Andreas aus Kafarnaum – manche sagen auch aus Bethsaida – stammte, hatte es nie verstehen können, warum Judas Iskariot den Herrn verraten hatte. Wenn ihn nicht alles täuschte, war Judas der intelligenteste von den Zwölfen gewesen. Er konnte mit Geld umgehen, war sprachbegabt und konnte schreiben. Der Teufel musste ihn geritten haben, als er Jesus für dreißig Silberlinge verriet und im Garten Getsemani den Häschern auslieferte. Jesus hatte sich in der Nacht der Gefangennahme nach dem Abendmahl auf dieses herrliche, von Olivenbäumen bestückte Fleckchen Erde zurückgezogen, um zu beten. Er ahnte, nein, er wusste, was ihm bevorstand. Seine Todesstunde nahte, das Martyrium des Kreuzes stand ihm bevor. In dieser Lage offenbarte Jesus zum ersten Mal seine persönliche Seite. Er, der Gefühle nur in der Zuwendung zu anderen Menschen gezeigt hatte, hatte Angst. Angst vor dem, was ihm bevorstand. Sonst hätte er seinen himmlischen Vater nicht gebeten: „Vater, wenn es möglich ist, so lass diesen Kelch an mir vorübergehen. Doch nicht mein, sondern dein Wille geschehe." Drei seiner Jünger, Simon Petrus, Jakobus und Johannes, die auch sonst immer bei außergewöhnlichen Ereignissen dabei waren, zum Beispiel wie bei der Verklärung Jesu auf Tabor, nahm er mit in den hinteren Teil des Gartens und bat sie, mit ihm zu beten. Aber wie es das Übel wollte, alle schliefen ein und konnten nicht einmal in dieser furchtbaren Stunde mit dem Herrn wachen.

Judas hätte es vielleicht gekonnt, überlegte Thomas, wenn er nicht zum Verräter geworden wäre. Er hatte die Intelligenz und die Selbstbeherrschung dazu. Er stand Jesus sehr nahe, doch waren seine Erwartungen auf ein anderes Ziel gerichtet als auf das, das der Menschensohn predigte. Judas glaubte an ein neues Israel, in dem die Römer keinen Platz mehr hatten. Er hoffte, die Königsherrschaft Jesu werde die Besatzungsmacht vertreiben. Jesus aber sprach von einem geistigen Reich, von der Umwandlung des Menschen zu einem besseren, auf den Himmel ausgerichteten Leben. Judas, der griechisch auch Jehuda hieß, stammte aus Kariot, also aus Juda, während alle anderen Jünger aus Galiläa kamen.

Thomas stand Judas Iskariot sehr nahe. Sie saßen nicht nur manchmal bei Tisch nebeneinander, sie gingen auch zusammen, wenn sie mit Jesus durch die Lande zogen und der Meister mit den Menschen sprach, vom himmlischen Vater erzählte, Kranke segnete und heilte und gar Tote zum Leben erweckte. Manchmal konnte Judas die Geduld des Meisters nicht verstehen.

„Wann fangen wird endlich mit den Vorbereitungen für den Aufstand an?“, fragte er Thomas. „Die Römer wüten im Lande wie die Berserker, foltern und töten ihre Widersacher und führen ein unmenschliches Regiment. Jesus muss endlich den Startschuss für Attentate geben.“

„Was meinst du? Ich verstehe dich nicht!“

„Jesus ist doch der erhoffte politische Messias, der Befreier der Israeliten. Er muss die Führung eines gesamtisraelischen Aufstandes gegen die Römer übernehmen. Warum redet er vom jenseitigen Gottesreich? Wir leben doch hier, hier auf Erden!“

Ich verstand ihn nicht, seufzte Thomas. Ich habe ihm gesagt: „Ja, Jesus predigt ein anderes Reich, kapier das doch endlich!“ Doch Judas wollte nicht verstehen.

Damals wussten wir noch nicht, dass er wie Simon,

der Zelot, mit den Sikariern liebäugelte, den „Messerschwingern" oder „Dolchträgern", und dem militanten Kreis der Zeloten nahe stand. Hier hoffte er Verbündete zu finden für den Kampf gegen die Besatzer. Doch Jesus machte keine Anstalten, für einen Aufstand zu rüsten. Stattdessen predigte er die Liebe, die Versöhnung, die Mitmenschlichkeit. War es denn versöhnlich, jeden Tag die gekreuzigten Juden auf der Schädelstätte zu sehen? Die Römer ließen die Leichname hängen, bis sie verwest oder von den Vögeln zerfleischt waren. Zur Abschreckung, wie sie sagten. Doch nach jüdischem Gesetz musste der Tote noch vor der Nacht der Erde übergeben werden. Und am Sabbat durfte erst recht niemand der hingerichteten Opfer am Marterholz hängen bleiben.

Thomas ahnte, dass Jesus im Bilde war, wer ihn den Sadduzäern und Pharisäern ausliefern würde. „Einer von euch wird mich verraten!" Judas war eine schicksalhafte Gestalt. Musste sich an ihm erfüllen, was die Propheten in ihren Visionen geschaut hatten? „Wehe jenem Menschen, durch welchen der Menschensohn verraten wird." Gehörte der Verrat zur Erfüllung des Schicksals? Thomas hatte einmal mit Bartholomäus darüber gesprochen: Musste Judas schuldig werden, um den Todes- und Siegeszug Jesu einzuläuten?
„Ich glaube nicht daran", hatte Bartholomäus geantwortet. „Ich glaube eher, Judas Iskariot wollte sich vom Vorwurf, mit den ‚Messerschwingern' und ‚Dolchträgern' zu sympathisieren, befreien. Wahrscheinlich stand er auf der Liste der undurchsichtigen Kandidaten, die die Römer wegen staatsfeindlicher Umtriebe in Verdacht hatten. Deshalb hat er Jesus ausgeliefert. Wer eine solch hinterhältige Tat begeht, kann unmög-

lich ein treuer Gefolgsmann seines Herrn sein, sondern verfolgt andere Ziele."
Denn auch Judas Iskariot gehörte zu den Zwölfen, die der Herr ausgesandt hatte, um das Evangelium zu predigen. „Die Ernte ist groß, aber der Arbeiter sind wenige", so hatte er begonnen. „Bittet daher den Herrn der Ernte, dass er Arbeiter in seinen Weinberg sende. Geht nicht auf den Weg zu den Heiden und betretet auch keine Stadt der Samariter. Geht vielmehr zu den verlorenen Schafen des Hauses Israel. Geht also und verkündet: Das Himmelreich ist nahe gekommen. Heilt Kranke, erweckt Tote, macht Aussätzige rein, treibt Dämonen aus. Umsonst habt ihr empfangen, umsonst sollt ihr auch geben. Verschafft euch weder Gold noch Silber noch Kupfermünzen in eure Gürtel, auch keine Reisetasche, auch nicht zwei Röcke, weder Schuhe noch Stab. Denn der Arbeiter ist seiner Nahrung wert."
Wer von den Zwölfen hatte diese Worte auf Anhieb verstanden …?

Thomas ging auf das Feld hinaus, das der Hohe Rat von dem Judasgeld gekauft hatte. In der Stunde der Reue hatte Judas Iskariot die dreißig Silberlinge den Schriftgelehrten im Tempel vor die Füße geworfen. Doch niemand wollte das Blutgeld zurücknehmen. So kaufte man einen Acker, ein schönes Stück Land, das man bearbeiten könnte, denn der Boden war fruchtbar. Ein paar Feigen- und Dattelbäume spendeten Schatten, und an den Rändern wuchsen Disteln und wilde Rosen wie zum Schutz des leicht abfallenden Geländes. Es würde nicht leicht sein, einen Bauern zu finden, der hier sein Getreide anbaute. Würde die Hirse auf einem Blutacker gedeihen?
Thomas betrachtete das Feld, betreten wollte er es

nicht. Er hatte eine gewisse Scheu, er wusste nicht, wieso. Judas hatte seinem Leben mit einem Strick ein Ende gemacht, so verzweifelt war er zum Schluss gewesen. Ob er einen gnädigen Richter fand? Ob Jesus ihm den Verrat verzieh? Oder saß er in der Judecca, in der untersten Hölle, war vom Eis völlig bedeckt und wurde von Luzifer, dem gestürzten Engel, in einem seiner drei Mäuler zermalmt? Da Jesus auch dem reuigen Schächer Dismas am Kreuz seine Schuld vergeben und ihm das Paradies versprochen hatte, durfte Judas Iskariot hoffen. Doch sein Name wird seither nicht mehr verwendet, weil er dem „Kindeswohl" zuwiderläuft.

Thomas ging in die Synagoge, um zu beten. Am Eingang stieß er mit Simon Petrus zusammen, der das Bethaus ebenfalls betreten wollte. Thomas erschrak, als er die abgemagerte Gestalt des Jüngers sah.

„Du siehst schlecht aus, Bruder. Doch freue ich mich, dich zu sehen."

Simon Petrus lächelte. „In diesen Tagen der Unsicherheit und Ungewissheit ist das, was wir beide zu tun gedenken, das einzig richtige", nickte er. „Komm gehen wir hinein, um zu beten."

Das Schiff legte mit achttägiger Verspätung in England an. Der Kaufmann raufte sich die Haare, weil er mit seiner Ware nun zu spät auf die Märkte kam, auf denen er sich einen ergiebigen Absatz erhofft hatte. Zum Glück hatte es unterwegs keine Stürme mehr gegeben, aber die Winde gingen schlecht und manchmal geriet das Schiff in eine Flaute.
„Daran ist nur dieser Joseph von Arimathäa Schuld", knurrte Plinius, der Koch. „Hätten wir ihm damals das Silberkästchen entrissen und es ins Meer geworfen, wie ich es geplant hatte, wären wir pünktlich gelandet."
„Oder irgendwo gestrandet, ja. Was hat ein Kästchen mit Wind und Wetter zu tun?", meinte Kadmos, der Matrose.
„Davon verstehst du nichts."
„Davon will ich auch nichts verstehen, weil es Unsinn ist", rief Kadmos. Er hatte es verschmerzt, dass er vom Smutje seit dem Zwischenfall während des Unwetters nie mehr ein Stück Fleisch zusätzlich bekommen hatte. Von dem nehme ich auch nichts an, hatte er sich geschworen. Am Ende glaubt er auch an einen verhexten Sonntagsbraten, weil er zu lange brutzelt.
Joseph von Arimathäa stand an Land. Außer einem Beutel, der seine Habseligkeiten enthielt, und einen Knotenstock, der ihm im Alter eine echte Hilfe war, besaß er nichts. Nichts? Das Silberkästchen, sein Augapfel, mit dem kleinen Fläschchen darin war sein kostbarer Schatz, der mit nichts in der Welt aufzuwiegen war. Zunächst musste sich der Passagier orientieren. Er stand in einem Land, das er nicht kannte, von dem er bisher nicht einmal gewusst hatte, dass es existierte. Hinaus in alle Welt sollten die Jünger gehen, um Jesu Frohe Botschaft den Menschen zu predigen. Doch sie wussten nicht einmal, wie groß die Welt war, wo sie

begann und wo sie endete. Manche sagten, die Erde sei eine Scheibe. Wenn man den Rändern zu nahe komme, stürze man wie über einen Wasserfall in eine ungeheure Tiefe. Dort sei wahrscheinlich der Eingang zur Unterwelt, zur Hölle, aus der es kein Entrinnen gab. Wollten die Jünger wirklich dieses Wagnis eingehen und hinausziehen in diese unerforschte und böse Welt?
Joseph von Arimathäa wusste nicht, wohin er gehen sollte. Er kannte Land und Leute nicht. Da entnahm er der Zeichensprache eines Mannes, nicht weit vom Landeplatz des Schiffes gebe es einen Wallfahrtsort, schon seit Jahrhunderten bekannt, ein Ort, an dem die Druiden, die keltischen Opferpriester, ihren Gottheiten huldigten. Die Druiden, so erfuhr er weiter, seien Männer mit langen weißen Bärten, in schlichte Leinengewänder gekleidet, ehrenwerte Himmelsboten, die von den Menschen verehrt würden. So ziehen die Jünger Jesu auch umher, mutmaße Joseph von Arimathäa, zwar noch nicht so ehrenwert, aber das kann ja noch kommen, sobald der Heilige Geist seine Kraft über sie ausgegossen hat.
Der Wallfahrtsort hieß Glastonbury. Ein verschlafenes Nest mit hundert Einwohnern und tausend Schafen. Der Weg dorthin war weiter als der Mann ihm hatte deutlich machen können. Für einen betagten Herrn, wie Joseph von Arimathäa, eine Anstrengung, die sich in völliger Erschöpfung bemerkbar machte. Als er am Wege zusammenzubrechen drohte, hielt ein mit Heu beladenes Fuhrwerk, dessen Bauer ihn auf seinen Hof mitnahm. Sie setzten ihm Speisen vor, die er nicht kannte, die jedoch schmeckten und ihm die Lebensgeister wiedergaben. Auch trank er eine dunkle Brühe, die sie Met nannten. Dann schütteten sie Stroh und Heu in einen kleinen leeren Raum und hießen ihn, dort die Nacht zu verbringen. Es war nicht kalt. Von nebenan hörte er das Muhen

einer Kuh und manchmal schlug der Esel mit seinen Hufen gegen die Wand, das gab einen dumpfen Ton. Heu und Stroh – wie im Stall zu Bethlehem, entsann sich Joseph von Arimathäa, Kuh und Esel sind auch da. Vom Stall und seinen Bewohnern hatte ihm Maria, die Mutter Jesu, berichtet. Die Szene jetzt erinnerte ihn an die Geburtsstunde des Herrn, und irgendwie fühlte sich der Schläfer glücklich und geborgen.
Am Morgen, nach dem Hahnenschrei, erhob sich Joseph von seinem Lager, bürstete Heu- und Strohspiere aus seinem Rock und wusch sich am Brunnen im Hof. Als er die Bauernstube betrat, wurde er mit großer Ehrfurcht empfangen. Die Frau stand vom Spinnrad auf und kniete nieder, der Bauer verbeugte sich so tief, wie es sein Rheumatismus zuließ. Aus den Worten und Gesten schloss der Gast, dass der Raum, in dem er genächtigt, die ganze Nacht in hellem Licht erstrahlt sei. Joseph hatte davon nichts gemerkt, sondern tief und fest geschlafen. Nun glaubten die Bauersleute, ein heiliger Mann sei bei ihnen eingekehrt, und sie versuchten nach Kräften, ihm dienlich zu sein.
Joseph von Arimathäa hielt sich nicht für heilig, und er wusste auch nicht, wieso sein Schlafraum in so wunderbares Licht getaucht war. Schließlich ahnte er die Ursache: Das Licht konnte nur von dem Silberkästchen herrühren und von dem Fläschchen, das eine Kostbarkeit enthielt: das Blut Jesu. Als Longinus dem Herrn kurz nach dem Tod in die Seite gestochen hatte, verblieb an der Lanze ein schmales Rinnsal Blut. Bevor es zu Boden tropfte, fing Longinus es mit einem Pergamentstück auf und füllte es in das Fläschchen. Stephaton assistierte ihm dabei, denn es war Eile geboten, und die Wachen brauchten nicht zu sehen, was sie taten. Doch die Soldaten pokerten bereits über Jesu Obergewand.

Joseph von Arimathäa verabschiedete sich mit Zungenbrechern von seinen Gastgebern und wanderte weiter. Aber kaum war eine halbe Meile marschiert, kam der Bauer auf seinem Esel angeritten und nötigte ihn, den Esel zu nehmen und aufzusteigen. Seine Frau und er waren wohl zu dem Schluss gekommen, dass man einen heiligen Mann nicht über Meilen zu Fuß gehen lassen könne und dass ihm ein Reittier zustehe.
Joseph wollte dankend ablehnen, doch der Bauer war unter keinen Umständen von seinem Entschluss abzubringen. So ritt Joseph von Arimathäa in Glastonbury ein wie Jesus am Palmsonntag in Jerusalem.
So klein der Ort war, so anziehend wirkte er auf ihn. Er wusste keinen Grund, warum er sich hier gleich heimisch fühlte. Joseph steckte seinen Wanderstab in die Erde, und – o Wunder – sogleich begann er auszuschlagen, als wenn er nur darauf gewartet hätte, nach vielen Jahren der Unfruchtbarkeit wieder zu grünen zu beginnen. Mit den Jahren entfaltete er sich zu einem Weißdornbusch, aus dem zweimal im Jahr, einmal davon immer zur Weihnachtszeit, Blüten trieben. Natürlich hat Joseph von Arimathäa das nicht mehr erlebt.
Als er das Ende seines Lebens spürte, vergrub Joseph das Silberkästchen mit dem kostbaren Inhalt am Fuße des Glastonbury Feldturms. Hier sei dann später eine Quelle entsprungen, Chalice Well, deren rote Farbe an das Blut Christi erinnerte. In der Erinnerung und unter dem Einfluss der Legende wurden aus dem Kästchen eine Schale und schließlich ein Kelch, der das kostbare Blut Christi durch die Zeiten bewahrte. Als Joseph von Arimathäa schon dreihundert Jahre tot war, soll er den Kelch im Traum an Sir Galahad weitergereicht haben, einen vornehmen Ritter der Tafelrunde des König Artus – und er wurde zum Gral …

Jaakov, der Jüngling von Naim, verspürte kein Verlangen, nach seiner völligen Genesung in seine Heimat zurückzukehren. Seine Eltern waren bekanntlich tot, seine Verwandtschaft über die Gegend verstreut, nur ein Onkel wohnte noch im Ort mit seiner Familie, seiner Frau Elisabeth und acht Kindern. Der Onkel, Ebenezer mit Namen, verwaltete das bescheidene Anwesen und beackerte die beiden Felder, die allerdings sehr fruchtbar waren. Stattdessen besuchte Jaakov eine Schule der Rabbiner und brachte es auf dem zweiten Bildungsweg innerhalb kürzester Zeit zum Architekten. Innerhalb kürzester Zeit brachte er es auch bis zum Bräutigam. Iphta war ein hübsches schwarzhaariges Mädchen mit ebenholzfarbigen großen Augen, die verwundert und neugierig in die Welt blickten. Als Jaakov sie sah, war er gleich Feuer und Flamme. Und Iphta erwiderte, zwar gespielt scheu, seinen Blicken mit einem Lächeln.
Es traf sich, dass sie sich zufällig auf dem Markt Mahane Yehuda trafen, einem der schönsten in Jerusalem. Iphta hatte ziemlich viele schöne Dinge eingekauft, zu viele in diesem Fall, wenn man ein so riesiges Sortiment vor sich sieht und die Auswahl größer ist als der Warenkorb. Jaakov schleppte die zwei großen Taschen heim. Auf den Rücken hatte er sich den Korb gebunden. Die Leute, die ihnen entgegenkamen, blieben stehen und sahen ihnen nach. Einen solchen Anblick gab es nicht alle Tage. Ein Mann trug der Frau den Einkauf heim. Umgekehrt war die Regel. Diese Szene war eines Mannes unwürdig.
Seither begegneten sie sich häufiger. Da Jaakov Anstellung in einem Architekturbüro gefunden hatte, verdiente er mit der Zeit so viel, dass er eine Frau ernähren konnte. Auch wenn sich die beiden jungen Leute

bald einig waren, lag die Genehmigung der Eltern doch noch wie eine Hürde vor ihnen. Jaakovs Eltern waren tot, hier musste der Onkel die Einwilligung geben. Mit seinen acht Kindern nagte er am längsten Zipfel des Hungertuches.
Iphtas Vater Joscha nahm sich den Bräutigam genauer unter die Lupe.
„Ich hoffe, du bist meiner Tochter würdig", mahnte er. „Sie ist eine Schönheit, die ich hundertmal besser verehelichen könnte als an einen jungen Habenichts."
Natürlich protestierte Jaakov. „Es kommt doch in erster Linie darauf an, dass sich zwei junge Menschen lieben."
„Das sind ja neue Methoden", lachte Iphtas Vater. „Du stellst ja die Geschichte Israels auf den Kopf. Die Eltern bestimmen, wer wen wann und wo heiratet, oder?"
Iphta gab ihrem Jaakov recht und verstieß damit gegen eine andere Sitte, wonach eine Braut zu schweigen habe, solange die Verhandlungen liefen. Ebenezer, der Onkel, hatte den Weg zu den vorehelichen Verhandlungen nicht antreten können. Der Weg erschien ihm zu weit, und zudem lahmte sein Esel, der ihn hätte tragen müssen.
Um es kurz zu machen, man einigte sich schließlich auf die gegenseitigen Sicherheitsmaßnahmen wie Brautpreis und Abfindung, der Rabbiner von Naim und der zuständige in Jerusalem prüften Ehehindernisse, etwa ob blutsverwandt oder verschwägert, und waren mit dem Resultat zufrieden: Es gab keine Einwände. Am Sabbat durfte man nicht heiraten, der Dienstag war ein bevorzugter Tag, weil er in der Bibel als besonderer Schöpfungstag gekennzeichnet ist: Gott sah, dass es gut war. Jaakov war nun chatan, der Bräutigam, und Iphta kalla, die Braut. Beide trugen weiße Kleider, als

sie unter den verzierten Baldachin – die Chuppa – traten, der Rabbiner ihnen den Becher Wein reichte, aus dem beide tranken, und der Bräutigam seiner Braut den Ring an den rechten Zeigefinger steckte. Dabei sprach er: „Durch diesen Ring seiest du mir angelobt entsprechend dem Gesetz von Mose und Israel."

Der Ehevertrag war aramäisch abgefasst, denn diese Sprache war neben dem Kanaanäischen die zweite wichtige Kultursprache der semitischen Stämme. Zudem war Aramäisch ja auch die Sprache Jesu. Während der Rabbi noch die vielfältigen gegenseitigen Verpflichtungen verlas, flüsterte Jaakov seiner jungen Braut zu: „Ich habe für eine Überraschung gesorgt. Da ist sie."

Iphtas Verwandtschaft war zahlreich erschienen, doch Jaakov konnte nur mit Simon Petrus und den Bewohnerinnen des „Frauen-Hauses" aufwarten. Jetzt löste sich aus dem Hintergrund eine Schar würdevoller Männer: die zwölf Jünger Jesu.

Simon Petrus wurde kribbelig „Wie hast du denn das geschafft?", flüsterte er.

„Ich habe alle angeschrieben und eingeladen. Ich habe gehofft, auch du wirst dich freuen, deine alten Kumpane wiederzusehen."

„Und ob, Jaakov. Ich hatte mir schon überlegt, wie ich sie benachrichtigen könnte."

Was Jaakov nicht verriet, war, dass er nicht vorrangig seine Hochzeit, sondern das Heimweh des Simon Petrus nach den Mitbrüdern zum Anlass für die Einladung angeführt hatte.

Nun nahte sich der Höhepunkt der Zeremonie, die Heirat – Nissu´in – nach der soeben erfolgten Besiegelung der Verlobung. Sieben Segenssprüche zur Hochzeit verlas der Rabbiner, darauf reichte er den Brautleuten wieder einen Schluck Wein. – In späteren Zeiten zertrat der frischvermählte junge Mann das Weinglas zur Erinnerung an die Zerstörung des Tempels in Jerusalem.

War das ein Wiedersehen! Simon Petrus musste sich der Küsse und Umarmungen erwehren, mit denen er plötzlich überfallen wurde. Doch auch Iphta und Jaakov wurden mit vielen Zärtlichkeiten bedacht. Man wünschte dem Paar viel Glück – Masel Tow – und überschüttete es mit Reis und Walnüssen, den Symbolen der Fruchtbarkeit. Musik, Tanz und ein üppiges Mahl hielten die Festgemeinde bis zum Morgengrauen zusammen.

Die Nächte in Israel kündigten sich schnell an, als könnten sie es nicht erwarten, ihre Schwärze über die Erde auszugießen. Dennoch blieb ja immer ein Streifen Lichts, jedenfalls so hell, das Irith ihr Gegenüber erkennen konnte, auch wenn keine Straßenlaterne oder eine Lampe, die aus einem der Häuser am Wege leuchtete, ihnen den Weg wies. Das Hinnomtal lag wie eine Kerbe vor der Stadt, in der Nähe des Schlangenteichs führte die Straße nach Bethlehem und Hebron vorbei. Es war kein gemütlicher Treff für Irith und Johannes, eher eine Notlösung, denn in der Stadt konnten sie sich nicht sehen lassen, ohne Aufsehen zu erregen.

Iriths Vater, der Hohepriester Kaiphas – eigentlich hießt er ja „Josef der Kaiphas" – hätte alles in Bewegung gesetzt, um die beiden jungen Menschen zu trennen, denn wenn publik würde, dass sich seine Tochter mit einem Jünger dieses hingerichteten Jesus von Nazareth traf, zu dessen Fall er ja erheblich beigetragen hatte, wäre das einem Skandal gleichgekommen, über den sich die Juden und Römer das Maul zerrissen hätten. Die Römer natürlich nur aus Schadenfreude, denn der Hick-Hack zwischen den strenggläubigen Juden und diesem Nazarener hatte sie eher belustigt statt ernsthaft beschäftigt.

Irith hatte den jungen Johannes mehrmals in der Schar der Jesus-Jünger gesehen. Er machte einen aufgeweckten und interessierten Eindruck, während manche der übrigen Jünger eher wie geduldige Schafe aussahen und die Predigten und Belehrungen lieber gegen Ruhepausen eingetauscht hätten.

Als Kaiphas von der Schädelstätte Golgatha zurückgekehrt war, wo er der Kreuzigung dieses Jesus aus der Ferne beigewohnt hatte, fragte ihn seine Frau Riwka,

ob er nun zufrieden sei, wo der so genannte Messias und selbsternannte Gottessohn nun am Kreuz verblutet sei.
„Das hört sich ja nach versteckten Sympathien für diesen Verbrecher an“, hatte Kaiphas geantwortet und sich beleidigt in sein Arbeitszimmer zurückgezogen.
Riwka hingegen hatte ihm nachgerufen: „Du wirst wegen dieses Mannes noch manche schlaflose Nacht haben, denn seine Ideen sind nicht totzukriegen.“
Kaiphas war in der Tat seither von Tag zu Tag unruhiger geworden, vor allem, seit ihm gemeldet worden war, dieser Jesus sei von den Toten auferstanden und seinen Anhängern erschienen. Er hatte den Hohen Rat zu einer Geheimsitzung zusammenkommen lassen und mit ihm beraten, was nun zu geschehen habe, bevor das Gerücht über die Stadtmauern hinaus in ganz Judäa Nahrung fand.
„Wir werden die Grabeswächter bestechen und ihnen einen Batzen Geld geben, wenn sie behaupten, der Leichnam dieses Jesus sei von seinen Anhängern gestohlen worden.“
So weit mochten die Ratsmitglieder nicht gehen, denn es gäbe, so meinten sie, immer eine undichte Stelle, die die Sache ausplaudere, und dann sei die Angelegenheit umso peinlicher. Ganz zu schweigen von Joseph von Arimathäa, der ebenfalls in Verdacht des Grabräubers gekommen und auf merkwürdige Weise verschwunden war. Das Haus des Kaiphas lag im südwestlichen Teil der von einer schützenden Mauer umgebenen Stadt Jerusalem, und Irith hatte es von hier aus nicht weit zum Schlangenteich. Zwar lag noch die Mauer zwischen ihrem Elternhaus und dem Gewässer, doch es gab Lücken in den Steinen, kleine Durchschlüpfe, die die Ziegen nahmen, wenn sie an den

kargen Hängen vor der Stadt nach halb vertrockneten Grasspieren Ausschau hielten. Hier war ihr geheimer Treffpunkt.

Im Hof ihres Elternhauses hatte Irith Johannes zum ersten Mal gesehen. Das war, als sie Jesus von Nazareth zum Verhör herbrachten. Dem, was geschehen war, konnte sie nicht folgen, denn sie wohnte der Szene fernab hinter dem Vorhang des nur Spaltbreit geöffneten Fensters bei. Der Vater hatte zwar eine laute Stimme, ja, manchmal konnte er auch brüllen, denn er war ein Choleriker, doch in Anbetracht des Ernstes der Lage redete er manchmal herausfordernd leise, ja, fast zischend, und er dehnte jedes Wort, um ihm mehr Gewicht zu geben. Also konnte Irith nur Wortfetzen hören. Dann entdeckte sie Johannes. Er stand an einer Säule, mit bleichem Gesicht und geschlossenen Augen. Wenn sie nicht alles täuschte, rann manchmal eine Träne über seine Wangen. Nicht weit davon entfernt hockte der dicke Simon Petrus, den Irith zwar namentlich nicht kannte, der ihr aber als Wortführer der Gruppe schon aufgefallen war. In seiner Nähe hatten einige Leute ein Kohlenfeuer entzündet, um sich daran zu wärmen. Es gab dann wohl eine Auseinandersetzung mit ihm, denn er machte heftige Abwehrbewegungen.

Seither ging Irith Johannes nicht aus dem Sinn. Manchmal sah sie ihn in der Stadt, meist allein, wenn er eine Besorgung machte oder ins Bethaus ging. Ja, die Jünger, die noch in Jerusalem weilten, hatten bestimmte Zeiten, in denen sie die Synagoge aufsuchten, meist getrennt voneinander, denn gemeinsam wagten sie nicht aufzutreten. Irith hatte bald herausgefunden, wann Johannes zum Beten ging. Sie richtete es ein, dass sie vom Markt kommend vor ihm herging. Da ließ sie eine Lauchstange fallen und tat, als habe sie es nicht bemerkt. Johannes jedoch beeilte sich, die Stange aufzuheben.

„Entschuldige“, rief er, „du hast etwas verloren.“ Und er gab sie ihr. Irith setzte ein Lächeln auf, das Johannes in die Knie gezwungen hätte, wäre da nicht die Stütze eines Marktstandes gewesen, gegen die er sich lehnen konnte.

„Ich danke dir, ich habe es nicht bemerkt.“

„Du hast einen schweren Korb zu schleppen. Darf ich dir helfen, ihn nach Hause zu tragen?“

Irith schlug die Augen nieder. „Herr, es geziemt sich nicht, dass du einer Frau den Korb trägst“

„Er ist doch schwer, oder? Du könntest unter seiner Last zusammenbrechen.“

Jetzt musste Irith lachen, und Johannes Gesicht, von Natur aus bleich, überzog eine schamhafte Röte. Wie schön ist er, wenn er verlegen ist, überlegte Irith, und schlug ihre großen Augen auf.

„Wir könnten den Korb zusammen tragen“, brachte Johannes schließlich hervor, doch zugleich ärgerte er sich über seine helle Stimme, die so recht nicht männlich klingen mochte.

„Ich möchte dich nicht kompromitieren“, erwiderte Irith, „denn wenn dich andere Männer sehen, könnten sie über dich lachen.“

„Das ist mir egal. Komm, lass uns gehen.“

Johannes fasste Mut und zugleich einen Bügel des Korbes, während Irith den anderen ergriff. Um nicht erkannt zu werden, zog sie den Schleier vors Gesicht. Sie gingen im Takt, im Gleichmaß ihrer Schritte, als hätten sie nie etwas anderes getan. Johannes musste lächeln.

„Wo wohnst du denn?“, fragte er.
„Warum, wird dir der Korb zu schwer?“
„Gott bewahre!“, rief Johannes, „ich könnte mit dir …“
Er brach erschrocken ab, fast hätte er „bis ans Ende der Welt“ gesagt.
Irith lachte. Sie hat ein schönes, melodisches Lachen, stellte Johannes fest. Was sie wohl von meiner hellen Stimme denkt? Doch dem Mädchen schien die Stimme ihres Begleiters nichts auszumachen. Sie gingen schweigend eine Weile miteinander, und jeder überlegte, was er dem anderen sagen solle. Manche Männer starrten ihnen nach, schüttelten den Kopf oder lachten. Die Frauen jedoch lächelten ihnen verstohlen zu, als wollten sie sagen: Mut habt ihr! Wie schön, euch anzusehen!
Sie näherten sich der Gegend, wo das Obergemach lag, jenes Haus, in dem Jesus mit ihnen das Paschafest gefeiert und das Abendmahl eingeführt hatte. Johannes wurde unruhig.
„Was ist? Möchtest du nach Hause gehen?“
„Gott bewahre. Wohnst du in dieser Gegend?“
„Es ist nicht mehr weit“, sagte Irith. „Dort hinten, das große Haus, dort wohne ich.“
„Das ist doch das Haus des Kaiphas“, rief Johannes entsetzt.
„Ja, ich bin Irith, seine Tochter.“
Johannes ließ vor Schreck den Bügel des Korbes los, ein Teil des Gemüses rollte auf den Boden.
„Denk nicht schlecht von meinem Vater“, bat Irith. „Er wacht über die Religion und duldet keine Abweichler. Ich habe dich im Hof gesehen. Du heißt Johannes. Und ich weiß auch, was seither mit eurem Jesus geschehen ist.“
Johannes wäre am liebsten im Boden versunken, doch

dann sah er das Mädchen, traurig jetzt, mit bittenden Augen. „Ich kann doch nichts dafür", sagte sie leise.
„Du kommst also aus vornehmem Hause. Was hast du nur für eine Mutter, die dich zum Markt schickt und nicht ihre Magd?"
„Ich muss dir etwas gestehen", beichtete Irith. „Ich habe die Magd bestochen, weil ich dich kennenlernen wollte. Dort vorn, hinter der Straßenecke, steht sie und wartet, um mir den Korb abzunehmen."
Johannes lehnte sich an die nächste Häuserwand. Ihn schwindelte. Irith las das Gemüse und Obst auf.
„Ich weiß, dass ich gegen jede Etikette und Vorschrift verstoßen habe. Halte mich bitte nicht für ‚so eine', die Männer anspricht. Ich wollte …"
„Du musst mir nichts erklären", unterbrach Johannes sie. „Du bist die erste Frau, die sich für mich interessiert."
„Wirklich? Du bist doch ein hübscher junger Mann und müsstest hundert Verehrerinnen haben."
„Es genügt mir eine", lächelte Johannes. „Du!"
Seitdem trafen sie sich an manchen Abenden im Hinnomtal am Schlangenteich, an einer geschichtsreichen, oft auch als düsterer Ort des Opfers und Blutes bezeichneten Stätte der vorisraelischen Zeit. Hier wurde ein gefräßiges Untier, Moloch, verehrt, dem auch Kinder dargebracht wurden. Wie oft musste sich Irith aus dem Haus stehlen oder eine Ausrede benutzen, um ihren Johannes zu sehen! Bei Johannes war alles viel einfacher: Es fiel nicht weiter auf, wenn er in der Runde seiner Mitbrüder fehlte. Jesus mochte ihn gern in seiner Nähe gewusst haben, ein Privileg, das den anderen nicht zuteil geworden war; jetzt herrschte eine neue Sitzordnung.
Als jedoch Johannes und seine Brüder den Auftrag des

Heiligen Geistes verstanden, in die Welt hinauszugehen und die Frohe Botschaft Jesu Christi zu verkünden, musste er von Irith schweren Herzens Abschied nehmen. Sie war sehr traurig, doch dann schloss sie sich der Schar der Frauen an, die Jesu Jüngerinnen waren und lebte nach der neuen Lehre, die das Jüdische nicht verwarf, sondern erneuern wollte.

Kaiphas regierte neunzehn Jahre, eine ungewöhnlich lange Zeit, die vermuten lässt, dass er sich mit der römischen Besatzungsmacht arrangierte. Sein Schwiegervater Hannas unterstützte ihn im Amt. Als der Legat Lucius Vitellius Pontius Pilatus wegen verschiedener Vergehen im Jahr 36 als Präfekt von Judäa abberief, musste auch Kaiphas gehen, was auf eine enge Verflechtung zwischen beiden verweist. Vitellius ernannte den Schwager des Kaiphas, Jonatan ben Hannas, zu seinem Nachfolger.

An manchen Abenden, wenn die Frauen im „Haus der Marien" einträchtig zusammensaßen und die Tagesereignisse besprachen, zog es Simon Petrus noch für eine Weile hinaus. „Ich gehe noch mal ums Quadrat, frische Luft schnappen", sagte er dann augenzwinkernd.
„Ja, schnapp nur", scherzte Maria Magdalena. Wenn sie es ehrlich beurteilte, war das Verhältnis zu dem ersten der Jünger von Woche zu Woche leicht besser geworden. Simon Petrus mied sie längst nicht mehr so, wie zu Anfang, und er nahm auch manchen Rat von ihr an. Frauen, so erkannte er, beurteilten manche Situation aus einem anderen Blickwinkel als Männer, und diese Sicht war durchaus realistisch.
Zunächst umkreiste Simon Petrus tatsächlich nur das

Viertel in dem er wohnte. Dann aber dehnte er seinen Weg mehr und mehr aus. Die Römer nannten eine bestimmte Wegstrecke „spatium“, den Raum durchmessen. Daher leitete sich der Spaziergang ab, der Simon Petrus jetzt nicht nur um den Tempel und seine Anlagen führte, sondern allmählich immer weiter in die Stadt hinein und schließlich aus ihr heraus. Er betrachtete die Burg Antonia, wie sie im Mondschein wie ein bleiches, schlafendes Ungeheuer vor ihm lag. Mit diesem Ort waren keine guten Erinnerungen für ihn verbunden. Denn hier wurde Jesus von Pontius Pilatus zum Tode verurteilt. Gewöhnlich fanden die Gerichtsverhandlungen im Prätorium, dem Königspalast auf dem Westhügel statt, doch angesichts des Passahfestes und der befürchteten Unruhen ließ Pilatus Verhör und Verurteilung an diese Stätte verlegen.
Die Burg Antonia lag auf einem fünfundzwanzig Meter hohen Felsplateau. An jeder Ecke ragte ein Turm wie ein versteinerter Finger in die Höhe. Jeder war ebenfalls fünfundzwanzig Meter hoch. Hier war für die Verteidigung Jerusalems eine wichtige Stelle, denn alle Angriffe hatten bisher vom Norden aus stattgefunden. Die Gebäude an diesem Ort waren mehrmals zerstört und wieder aufgebaut worden. Die Seleukiden hatten ihnen 167 vor der Zeitrechnung den Garaus gemacht. Herodes der Große ließ die Neubauten zu einer prächtigen Palastfestung umbauen, doch nach dem Jahre dreiundzwanzig zog er in den neuen Königspalst auf dem Westhügel um. Antonius war sein Gönner gewesen. Nach ihm benannte er die Festung nun Burg Antonia.

Simon Petrus beschleunigte den Schritt, er mochte an die Geschehnisse, zu denen auch seine Verleugnung des Herrn gehörte, nicht erinnert werden. Er überlegte, ob

er einen Abstecher zum Teich Bethesda machen sollte, zu dem aramäischen „beth hasada“, dem „Haus der Gnade“, jedoch dazu musste er zum Wasser hinuntersteigen, und die Treppe war ihm, da sie nicht beleuchtet war, im Dunkeln zu gefährlich. Ob noch immer ein Engel hinabstieg und das Wasser in Wallung brachte? Nur wer dann als erster der Kranken das Wasser erreichte, wurde geheilt. Jesus hatte durch sein Wort geheilt, das Wasser besaß bei seinen Heilstaten an dieser Stätte keine Bedeutung mehr.
Ging man ein Stück weiter nach Norden, so kam man bald an die Stadtmauer. Jenseits lagen Golgatha und das Gartengrab des Joseph von Arimathäa. Bei seinen ersten Spaziergängen machte Simon Petrus hier kehrt. Erst als er ausdauernder marschieren konnte, durchschritt er das Fischtor und suchte die Stätten auf, die Jesus geprägt hatten. Der Mond stand hoch am Himmel und beleuchtete eine gespenstische Szene. An einigen Kreuzen hingen noch die Delinquenten. Die Römer hielten sich nicht an jüdisches Recht, wonach Tote noch am selben Tag bestattet werden mussten. Sie ließen die von geronnenem Blut überströmten Körper hängen, bis sie verwesend von selbst abfielen oder von den Raubvögeln zerrissen worden waren.
Manchmal ging Simon Petrus auch zum Turmteich an der Westseite der Stadt, in deren Nähe der Palast des Herodes lag. Von hier aus wanderte er am Hasmonäerpalast vorbei zurück zum „Haus der Marien“. Einmal, als er sich in der Nähe des Aquäduktes befand, glaubte er Schritte hinter sich zu hören. Er blieb stehen und lauschte. Angst befiel ihn, denn er entsann sich mancher Verfolgungen, denen manche Anhänger Jesu ausgesetzt waren. Er verharrte eine Weile im Schatten eines Hauses in der Oberstadt. Die Schritte kamen näher.

Mitten auf der Straße ging ein junger Mann, der sich nach allen Seiten umblickte. „Simon Petrus!", rief er plötzlich. „Simon Petrus! Wo bist du geblieben, Herr?"
„Was willst du?", fragte Simon Petrus aus dem Schatten des Hauses. „Kannst du nicht bei Tag zu mir kommen, wenn mir die Sonne dein Gesicht zeigt?"
„Verzeih, Herr, ich komme von Nikodemus, der dich grüßen lasst."
Nun trat Simon Petrus auf die Straße hinaus. Der junge Mann verbeugte sich. „Mein Name ist Stephanus. Ich habe deinen Herrn und Meister nicht persönlich gekannt. Aber Nikodemus hat mir viel von ihm erzählt. Nun suche ich deine Bekanntschaft."
„Was wünscht du?"
„Ich möchte zu denen gehören, die Jesus anhängen."
Es entstand eine kleine Pause. Simon Petrus schien einen Augenblick nachzudenken. „Das ist löblich", erwiderte er darauf. „Doch wir, die wir dem Herrn als seine Jünger besonders nahestanden, wissen noch nicht, ob wir jeden, der darum bittet, in den Kreis der Jesusanhänger aufnehmen dürfen. Wir kennen die Menschen nicht, und wir fürchten, dass manche von den Juden geschickt werden, um uns auszuhorchen oder unsere Pläne zu verraten."
„Ich komme in ehrlicher Absicht, Herr", sagte Stephanus. „Du kannst bei Nikodemus Erkundigungen einziehen. Und übrigens gab er mir dieses Zeichen für dich mit, damit du nicht zweifelst."
Stephanus zog ein kleines geschnitztes Kreuz aus der Tasche und überreichte es Simon Petrus.
„Ach, ist Nikodemus unter die Künstler gegangen?", fragte er.
„Seit er den Herrn am Kreuz gesehen hat, lässt ihn das Geschehen nicht mehr los. Er arbeitet viel in seiner

Holzwerkstatt, obgleich er es doch gar nicht nötig hätte. Denn er gehört zu den drei reichsten Bürgern Jerusalems."

„Das ist in der Tat recht merkwürdig. Doch habe ich ein solches Kreuz auch bei Maria, der Gottesmutter, gesehen."

„Ich kenne noch sechs junge Männer, die ebenfalls gern im Sinne Jesu arbeiten würden", erklärte Stephanus. „Sie wollten nicht mit mir mitkommen, um dich nicht zu erschrecken."

Simon Petrus lächelte. „Nun, so rasch bin ich nicht aus der Ruhe zu bringen. Aber müssen wir unsere Unterhaltung auf der Straße fortsetzen? Komm, da vorn ist eine Taverne. Wenn nicht allzu viel Lärm herrscht, können wir uns dort unterhalten."

Sie betraten das kleine Gasthaus. Nur zwei Tische im Raum waren besetzt. Sie wählten eine Sitzgelegenheit in der Ecke. Jetzt konnte Simon Petrus sein Gegenüber genauer sehen. Es war ein aufgeschlossenes Gesicht, in das er blickte. Die dunklen Augen sahen vertrauenserweckend aus.

„Hast du dir bereits Gedanken gemacht, wie deine Arbeit für Jesus aussehen könnte?", fragte er. „Siehe, wir haben selbst noch kein Konzept, sondern warten auf die Inspiration des Heiligen Geistes, der uns versprochen wurde."

Stephanus sah Simon Petrus überrascht an.

„Aber du bist doch der Leiter dieser kleinen Jesusgemeinde."

„Ja, und? Wir wurschteln doch nicht drauflos. Wie oft habe ich den Jüngern gesagt: Leute, wir brauchen ein pastorales Konzept, wir brauchen Connections, wir müssen Öffentlichkeitsarbeit machen. Daran arbeiten wir gerade."

Die Bedienung kam und stellte eine Karaffe mit einem halben Liter Wein sowie zwei Gläser auf den Tisch. Simon Petrus schenkte ein.
„Also, Herr, ich würde gern etwas Caritatives tun."
„Was heißt das? Sprichst du von Caritas, von der Liebe?"
„In meiner Nachbarschaft leben viele arme Menschen, meist alleinstehende Frauen. Sie besitzen nur das Nötigste zum Leben, und manchmal nicht einmal das. Wenn wir so etwas wie einen caritativen Dienst ins Leben rufen würden, eine Organisation, die den Armen hilft. Zum Beispiel, dass sie täglich eine warme Mahlzeit bekommen."
Beim Wort „Organisation" spitzte Simon Petrus die Ohren. Mit diesem Begriff konnte er sich anfreunden. Er lag auf seiner Linie der Verständigung.
„Weiter. Erzähl weiter. Aber vergiss darüber nicht, einen Schluck Wein zu nehmen. Der Wein erfreut des Menschen Herz."
Sie prosteten sich zu.
„Also, ich überlegte mir: Wir bringen den Leuten um die Mittagszeit etwas Fladenbrot, Obst, gelegentlich auch mal ein Fläschchen Wein, Gemüse und …"
„Woher willst du die Lebensmittel nehmen?", unterbrach Simon Petrus Stephanus.
„Von den Reichen, den Wohlhabenden. Wir erbitten von ihnen das, was sie selbst nicht verzehren. Nikodemus meinte, man könnte sogar die Römer ansprechen. Die müssen doch täglich für tausende Soldaten kochen. Da fällt bestimmt etwas ab."
Die Römer mochte Simon Petrus gern aus dem Spiel lassen. Doch der Gedanke der Teilung kam seinem Verständnis näher.
„Und du meinst, die Reichen geben von ihrem Überfluss?"

„Wenn wir ihnen sagen, dass eher ein Kamel durchs Nadelöhr geht als ein Reicher ins Himmelreich, dürfte das Wort seine Wirkung nicht verfehlen."
„Worte meines Meisters", sagte Simon Petrus stolz. „Ein Gottessohn mit Weitblick und Verstand."
Sie kamen überein, sich in den nächsten Tagen abermals zu treffen. Dann sollten auch die sechs jungen Leute, Stephanus Freunde, an der Sitzung teilnehmen.
„Wie heißen denn deine Kumpane?"
„Philippus, Prochorus, Nikanor, Timon, Parmenas und Nikolaus, ein Proselyt aus Antiochia."
„Ihr seid herzlich willkommen!"
Sie tranken sich zu.
„Männer von gutem Ruf und voll Geist und Weisheit! Ihr könntet so etwas wie Diakone werden", meinte Simon Petrus und seufzte zufrieden.

Der Gedanke, dass es bei zunehmender Jüngerschar auch Ämter zu vergeben gab, ließ manche Hoffnung keimen. Vor allem seit Joseph aus Zypern, der den Beinamen Barnabas trug, das heißt Sohn des Trostes, eines Tages vor Simon Petrus erschien und ihm ein schönes Stück Geld vor die Füße legte.

„Was soll ich damit?“, erkundigte er sich bei Joseph, „oder soll ich besser fragen: Was willst du dir damit erwirken?“

„Ich bin ein Levit, mir gehörte hier ein beachtliches Stück Land. Nun habe ich es verkauft. Ich hoffte, das Geld könnte einen Grundstock bilden für das gemeinsame Leben im Geiste Jesu.“

„Hm!“ Simon Petrus sah Joseph fragend an. Er war kaum zwanzig, sein Bart war noch flaumig wie die Federn eines Kükens.

„Weißt du auch, was du damit tust? Vielleicht gereut dich morgen, was du heute getan hast. Du bist jung und hast dein Leben noch vor dir.“

„Ich habe mir wohl überlegt, was ich tue. Es ist die Folge dessen, was Jesus gelehrt hat.“

Was sträubt er sich so, das Geld anzunehmen, überlegte Matthäus, der Steuereinehmer.

„Ich wüsste, was man mit dem Geld machen könnte“, schlug er Simon Petrus vor. „Wenn man es gewinnbringend anlegt, wird es bald Zinsen bringen, und dann …“

„Und dann hältst du die Klappe!“, rief Simon Petrus. „Kommst du wieder auf dumme Gedanken? Ich weiß, was Joseph mit dieser Gabe bezweckt: Er möchte, dass wir für die Armen sorgen, für die Bettler und Kranken. Ist es nicht so?“

Josephs Gesicht hellte sich auf. „So ist es, Herr. Wenn die, die in der Nachfolge Jesus von Nazareths stehen,

eine große Gemeinschaft bilden, ihr Eigentum zusammentun und gemeinsam verwalten, dann können sie denen besser helfen, die es nötig haben."
Matthäus ging kopfschüttelnd weg und brummte etwas in seinen Bart. Simon Petrus aber sackte das Geld ein, nahm Joseph Barnabas in die Arme und sagte: „Du hast uns einen großen Dienst erwiesen. Doch größer wird dein Schatz im Himmel sein."

Von diesem Tag an kamen mehrere Leute zu Simon Petrus, die dem Beispiel des Joseph Barnabas folgen wollten. Sie boten ihm ihr Vermögen an und baten zugleich um Aufnahme in die Gesellschaft der Jünger des Herrn. Matthäus hatte nämlich den Mund nicht gehalten und für die Verbreitung des Gedankens von den vermögenswirksamen Leistungen gesorgt. Einige Menschen schickte Simon Petrus mit ihrem Geld wieder nach Hause, nachdem er ihnen klar gemacht hatte, dass er das Wenige, das sie besaßen, nicht annehmen dürfe. Sie seien auch ohne Mitgift in den Reihen der Jesusjünger willkommen. Andere, die reichlich besaßen, schickte er zwar auch weg, doch ihr Geld nahm er dankend an. Über die Form des Zusammenlebens müsse noch entschieden werden, sagte er. Das werde der Heilige Geist regeln, wenn er sich – Himmel, hilf! – endlich einfände.
Matthäus beobachtete die Entwicklung mit großer Skepsis. Im Geiste hatte er sich längst ausgemalt, wie der reichlich fließende Geldstrom in einen sicheren Hafen münden könnte. Auch ein neuer Verwaltungsapparat wäre vonnöten, dem er gern vorstehen würde. Denn außer ihm, dem Steuereinnehmer, war nach dem Tode des Judas Iskariot niemandem mehr die Gabe der Gewinnmaximierung beschieden. Simon Petrus fürch-

tete, dass Matthäus etwas im Schilde führte, und so beobachtete er ihn mehr als seine in Jerusalem weilenden Glaubensbrüder. Eines Tages kam Matthäus aufgeregt zu ihm. „Ich habe einen großen Fisch an der Angel!", rief er. „Simon Petrus, du wirst Augen machen."
„Gefischt? Hier? Etwa im Teich Bethesda? Oder wo?"
„Du weißt, dass im Teich Bethesda keine Fische sind."
„Eben. Nur arme Menschen. Kranke, die ins Wasser wollen. Dort hat unser Herr einen seit 38 Jahren gelähmten Mann geheilt, und weil es an einem Sabbat geschah, noch mächtig Ärger mit den Juden bekommen."
„Mein Fisch heißt Ananias, und er ist reich."
„So? Zu was hast du ihn denn überredet?"
Matthäus tat, als sei er beleidigt. „Ich musste ihn zu nichts überreden. Er hat seinen Grund freiwillig verkauft. Ein Filetstück, kann ich dir sagen, nach dem sich die Baulöwen in Jerusalem die Finger lecken."
Simon Petrus durchschaute den Deal. Ein so mit Geldgeschäften vertrauter Mann wie Ananias würde nie sein ganzes Vermögen zur Verfügung stellen, sondern eine eiserne Reserve auf einem Konto in der Schweiz anlegen. Ananias erschien. Er hatte sich einer demütigen Haltung bemächtigt und trat ernst und feierlich auf.
„Nun, Ananias, überlege, was du mir antworten wirst", sagte Simon Petrus mit Nachdruck. „Ist das, was du mir zu Füßen gelegt hast, wirklich dein ganzes Geld?"
„Was sonst?", ereiferte sich der Bankier. „Wenn ich etwas tue, mache ich keine halben Sachen!"
„Schön, schön. Du kannst mich belügen, aber nicht Gott. Du hättest deinen Grund verkaufen und den ganzen Erlös für dich behalten können. Niemand hätte dich daran gehindert. Nun aber erschleichst du dir die Teilhaberschaft an der Jüngerschar Jesu. Du liebst kei-

ne halben Sachen, wir lieben keine halben Jünger."
Ananias wurde bleich. Schweißperlen standen auf seiner Stirn. Mit einem kurzen Aufschrei fasste er sich an die Brust und verkrampfte die Faust in seinem Gewand. „Herzinfarkt!", schrie Matthäus. Ananias sackte zu Boden. Die Erste Hilfe kam zu spät. Man trug ihn auf einer Bahre hinaus.
Etwa drei Stunden später erschien Sapphira, seine Frau, um ihren Mann abzuholen. Sie war shoppen gewesen und hatte sich neu eingekleidet. Als sie nach Ananias fragte und man ihr einen frischen Grabhügel zeigte, warf sie sich auf die Erde und begann laut zu jammern. Simon Petrus erkundigte sich auch bei ihr nach dem Verbleib des Restgeldes aus dem Verkauf des Grundstückes. Und auch sie behauptete unter Schluchzen, der gesamte Verkaufserlös liege jetzt in der Hand der Jünger. Da wiederholte sich das Schicksal, das ihren Mann getroffen hatte – und sie starb.

Was tut man, wenn Freunde zusammenkommen? Man feiert, man richtet ein Festmahl aus. Vier Marien ließen es sich nicht nehmen, der versammelten Jüngerschar einen Augen- und Magenschmaus zu bereiten. Martha von Bethanien, die erprobte Köchin, führte Regie. Martha war vielseitig, sie konnte auch römisch kochen. Doch der Gedanke, dass sie Jesus einmal vielleicht Schweinefleisch oder gar kaschierte Würste vorgesetzt haben könnte, ließ den Jüngern das Blut in den Adern gefrieren. Stücke wie Euter oder Gebärmutter junger Säue, die gerade Nachwuchs bekommen hatten, galten bei den Römern als Delikatesse. Allein die Erwähnung römischer Kochkünste stieß bei Simon Petrus auf Unbehagen.
„Ich weiß, dass du bei verschiedenen Gelegenheiten auch für die Besatzungsmacht hast kochen müssen, doch verschone uns mit der Aufzählung ihrer dekadenten Essgewohnheiten", riet er.
Judas Thaddäus war Vegetarier. Er schaute in die Vorratskammer und entdeckte Hülsenfrüchte, dicke Bohnen, Kichererbsen, Lupinen und auch Linsen, die aus Ägypten kamen. Er liebte Mus, das aus Strauch- und Kräuterblättern, aus Holunder, Malve, Melde, Bockshornklee, Brennnesseln und Sauerampfer je nach Wunsch zusammengestellt wurde. Des Weiteren hütete die Vorratskammer Früchte wie Oliven, Lauch, Zwiebeln, Gurken, Melonen, Kapernsprossen und Kresse, bei deren Anblick Judas Thaddäus Herz zu jubeln begann.
„Was treibst du dich hier herum?", fuhr Maria Salome ihn an. „Setz dich zu deinen Spießgesellen, äh, ich wollte natürlich Freunde sagen, und warte, was du vor die Nase gesetzt bekommst."

Zwar studiert ein voller Bauch nicht gern, doch Simon Petrus sah die günstige Gelegenheit gekommen, die zweimal unterbrochene Zusammenkunft fortzusetzen, um über die Zukunft der Gemeinde zu sprechen. Noch vermied er das Wort „Kirche“, über das er schon lange nachgedacht hatte, das mochte er sich vom Heiligen Geist erst bestätigen lassen. Doch der Herr ließ auf sich warten. Oder war es am Ende gar eine Dame? Nicht auszudenken! Doch ein Trost: Geister haben ja keine geschlechtsspezifischen Merkmale. Also trommelte Simon Petrus, bevor sich die Mitbrüder und notgedrungen auch die Mitschwestern in belangloses Reden verloren, alle zusammen und eröffnete die Sitzung.

„Wir müssen Judäa, das ganze Heilige Land und schließlich die ganze Welt einteilen und festlegen, wer, wo, wann und wie die Botschaft Jesu verkündet und die Menschen zu Gott führt“, gab er seine Meinung kund.

„Wir paar Männeken sollen das leisten?“

„Jesus hat mich zum Menschenfischer ernannt, Bartholomäus. Das heißt, ich soll von ihm erzählen – predigen nennt man das – und die Menschen in seinem Namen taufen. Auch ihr seid Menschenfischer. Also nehmt diesen Auftrag ernst. Protokollführer, hast du das?“

Der Protokollführer war nicht da und war seit der letzten und missratenen Zusammenkunft auch nicht mehr gesehen worden. Simon Petrus hatte es ihm übel genommen, dass er ohne Auftrag ins Protokoll geschrieben hatte: „Aus Furcht vor den Juden hatten die Jünger die Türen verschlossen.“ So ein Quatsch! Jaakov war von der Hochzeitsreise zurück und schwelgte noch in Erinnerungen. So bot er sich an, die Beschlüsse der Gruppe zu notieren.

„Wir müssen als erstes Gemeinden bilden, das heißt jedes Dorf bekommt einen Gemeindevorsteher, der die

Geschäfte führt, die Spenden einsammelt und die Lehre verwaltet."
„Aber wozu brauchen wir einen Priester an der Spitze einer Gemeinde? Das können doch auch andere."
„Ich zum Beispiel!", rief Matthäus, der ehemalige Steuerpächter. „Ich kann mit Geld umgehen und Spenden einsammeln."
„Das könnte dir so passen!", knurrte Simon Kananäus, auch der Zelot genannt. „Aber in dem Punkt gebe ich dir recht: Die Priester sollten nur für die Frohe Botschaft zuständig sein, fürs Predigen und Taufen zum Beispiel. Alles andere könnten sie den Laien zugestehen."
„Wir alle sind Laien", stellte Jakobus, der Sohn des Alphäus fest. „Mich hat niemand zum Priester geweiht. Auch habe ich keine theologische Ausbildung wie die Schriftgelehrten."
„Sie reden mir zu viel durcheinander, meine Herren", ließ sich Simon Petrus mit strafendem Blick vernehmen. „Hier geht alles der Reihe nach. Sie melden sich bitte mit Handzeichen, verstanden? – Protokollführer?"
„Ich habe alles, Herr."
„Gut".
„Was soll das ganze Getue, Simon Petrus? Du redest uns plötzlich mit ‚Sie' und ‚meine Herren' an. Du teilst die Welt auf, obgleich du über die Grenzen Judäas und Galiäas nicht hinausgekommen bist und nicht einmal weißt, wie groß die Welt ist. Du faselst von pastoralen Räumen und hebst die Aufgaben des Priesters auf den Schild, obgleich unter uns kein Priester ist und ich auch nicht weiß, ob wir je einen bekommen oder einer werden. Hast dir deine Schwiegermutter den Kopf verdreht, oder warst du zu lange in der Sonne?"
Simon Petrus sprang, was ihm wegen seines Leibesumfangs nicht leicht viel, auf. „Ich lasse mich auch von

Ihnen nicht beleidigen, Herr Thomas. Man könnte ja meinen, den Verräter Judas Iskariot vor sich zu haben, so abscheulich ist Ihre Rede. Ich bin Simon Petrus, der Fels, und ich bestimme in erster Linie, was geschieht."
„Wozu sind wir dann zusammengekommen?", fragte Thomas achselzuckend zurück. „Ich weiß eine Stelle im See Genezareth, da steht ein wunderbarer Hecht. Ich habe ihn schon lange im Auge. Ich gehe, um ihn zu fangen."
„Nichts da, nichts da! Die Sitzung ist erst gerade eröffnet worden und noch längst nicht geschlossen! – Das kommt nicht ins Protokoll, verstanden?"
Der Schreiber nickte.
„Herr Bartholomäus, wollen Sie sich zu Wort melden? Sie hampeln so unruhig auf dem Stuhl herum."
Bartholomäus witterte den Nachtisch mit Feigen und Datteln, Trauben und Granatäpfeln. Auch gekochte Quitten und Aprikosen würden ihm jetzt munden.
„Die Sache hier ist mir nicht kommunikativ genug, geschätzter Vorsitzender. Wir leben in einer pluralistischen Gesellschaft und müssen den Veränderungen der Zeit Rechnung tragen."
„Den was?" Simon Petrus sperrte Mund und Nase auf.
„Nicht verstanden?"
„Drücken Sie sich bitte etwas genauer aus. Die meisten verstehen nicht, was Sie meinen."
„Ach, wirklich? Ich meinte, ich müsse mich dem Stil deiner Rede anpassen, Simon Petrus. Du hast etwas sehr Wesentliches versäumt, mein Lieber."
„So?"
„Ja. Das Gebet. Wie oft hat Jesus mit uns gebetet, wenn eine Entscheidung anstand."
„Sehr richtig!", erscholl es aus der Versammlung.
Simon Petrus setzte sich, sichtlich betroffen. Da er kei-

ne Worte fand, begann sein Bruder Andreas das Gebet zu sprechen, das ihr Lehrer und Meister sie in seiner aramäischen Sprache gelehrt hatte:

Abwün d' bwaschmâja
Nethkâdasch schmach
Têtê malkuthach.
Nehwê tzevjânach aikâna d'bwaschmâja af b'arha.
Hawvlân lachma d'sûnkanân jaomâna.
Waschboklân chaubên (wachtahên)
aikâna daf chnân schvoken l'chaijabên.
Wela tachlân l'nesjuna
ela patzân min bischa.
Metol dilachie malkutha wahaila wateschbuchta
l' ahlâm almîn.
Amên.

Unser Vater im Himmel!
Dein Name werde geheiligt.
Dein Reich komme.
Dein Wille geschehe wie im Himmel so auf Erden.
Unser tägliches Brot gib uns heute.
Und vergib uns unsere Schuld,
wie auch wir vergeben unsern Schuldigern.
Und führe uns nicht in Versuchung,
sondern erlöse uns von dem Bösen.
Denn Dein ist das Reich und die Kraft
und die Herrlichkeit in Ewigkeit.
Amen.

Als die Jünger dieses Gebet gesprochen hatten, erfüllte sie eine große Unruhe. Draußen erhob sich trotz der Hitze ein Wind, der erst sanft um das Haus strich, dann immer stärker wurde und sich zum Sturm erhob. Die

Fensterläden klapperten, die Haustür rüttelte an ihrem Schloss. Die große Palme in der Nähe sträubte ihre Blätter. Ein Vogelpärchen flog erschrocken davon.
„Was ist los?", fragte Maria Salome, und steckte den Kopf aus der Küche in den Raum. „Habt ihr etwas angestellt?"
„Wir wissen es auch nicht!", antwortete Simon Petrus beunruhigt, „von uns geht der Lärm nicht aus."
Mit zunehmendem Sturm und Brausen nahm die Betroffenheit und Unruhe der Jünger indes ab. Sie fühlten sich mit einem Male wie von der Erde emporgehoben, als schwebten sie im Raum. Es war jedoch ihre Seele, die in Schwingungen geraten war. Eine große Liebe zueinander erfüllte ihr Herz. Sie, die zuweilen ja recht unsanft miteinander umgegangen waren, fühlten sich plötzlich aufgerufen, einander zu verzeihen und Abbitte für das zu tun, was zwischen ihnen nicht gut gewesen war.
Der Kern des Hauses schien zu beben, die Fundamente zitterten. Doch es war kein Erdbeben, denn die Gebäude der Umgebung standen unangetastet da, nur das Haus, in dem die Jünger und die Frauen sowie einige Vertraute versammelt waren, schien aus den Fugen zu geraten. Seltsamerweise verspürte jedoch niemand Angst um sein Leben.
„Schaut einmal aus dem Fenster!", rief Matthias auf einmal. „Vor dem Haus versammeln sich viele Menschen und blicken zu uns herauf."
In der Tat, von allen Seiten kamen die Leute herbeigelaufen und fragten einander, was hier denn los sei. Darunter waren auch viele Ausländer, die in Jerusalem als Gastarbeiter beschäftigt waren und aus den umliegenden Ländern stammten. Merkwürdigerweise verstanden die Jünger, was sie miteinander redeten,

obgleich sie doch in einer anderen Sprache sprachen. Und ihnen selbst fielen Worte in der Sprache der Menschen auf der Straße ein, und sie fanden keine Erklärung dafür.
„Ob das der Heilige Geist ist, von dem unser Herr gesprochen hat?“, rief Andreas.
„Also kein Mann, keine Frau, kein Außerirdischer, sondern die Weisheit und Kraft Gottes, die alles durchdringt und uns lehrt, Jesus Christus zu verkünden und in der Welt bekannt zu machen.“
Eine nie gekannte Freude stieg in den Jüngern auf, eine warme, begeisternde Freude, verbunden mit dem Drang, die Fenster weit zu öffnen und diese Freude der ganzen Welt mitzuteilen. Das Haus hielt still, als Simon Petrus seine Stimme erhob: „Hört, ihr Menschen! Wir sind die Jünger Jesu, den die Juden und Römer dem Kreuzestod ausgeliefert haben. Doch er ist auferstanden und sendet vom Himmel aus die Botschaft vom Frieden, von der Versöhnung, und der Liebe Gottes zu allen Menschen. Vertragt und tragt einander im Namen Jesu Christi, unseres Herrn und Gottes, liebt einander im Namen unseres Herrn und Gottes Jesus Christus und seid eine große, friedvolle Völkergemeinschaft in seinem Namen.“

Als Simon Petrus, der ab jetzt nur noch Petrus hieß und seine Mitbrüder Apostel nannte, seine erste große, gewaltige Ansprache vom Fenster aus gehalten hatte, als ihm die Worte nur so von den Lippen kamen und er gar nicht erst überlegen musste, welche Wortwahl er gebrauchen sollte, überströmte ihn eine große Freude. Es war so vieles, was aus ihm herausdrängte, was er bisher zu sagen nicht vermochte, was ihm auf der Seele brannte. Die unendliche Liebe Gottes überflutete ihn, hüllte ihn ein, drängte ins Weite, damit die Öffentlichkeit von ihr erführe. Den anderen Aposteln erging es nicht anders. Sie brannten darauf, in die Welt hinauszugehen, von Jesus zu erzählen und seine Lehre zu verkünden.

„Das ist eine Frohe Botschaft! Bedenkt es!", rief Petrus ihnen zu, und an Thomas gewandt, fragte er: „Willst immer noch deinen Hecht aus dem Wasser ziehen?"

Kleines Personen- und Ortsregister

Garizim, 881 Meter hoher Berg in Palästina, am Fuß liegt Nablus, das biblische Sichem. Die Samaritaner besitzen hier einen Altar, der von Josua im Auftrag des Mose errichtet wurde. Hier stand auch der Tempel der Samaritaner, im 4. Jahrhundert v. Chr. erbaut, um 128 v. Chr. vom Hasmonäer-König Johannes Hyrkanos zerstört.

Joseph, der „Nährvater" Jesu, stammte aus dem Hause Davids, war Bauhandwerker/Zimmermann, möglicherweise verwitwet, dann verlobt mit Maria, wahrscheinlich einer Tempeljungfrau. Es ist möglich, dass Joseph verwitwet war und Kinder hatte, bevor er Maria zur Frau nahm. Über sein Leben gibt es kaum Nachrichten. Er sorgte vorbildlich für seine Familie, wird jedoch nur bei der Geburt Jesu, auf der Flucht nach Ägypten und als Handwerker erwähnt. Beim Tode Jesu scheint er schon nicht mehr gelebt zu haben. Seine Verehrung ist in der orthodoxen und röm.-katholischen Kirche lange verbürgt.

Kaiphas (Kajaphas), Hohepriester, der maßgeblich an der Verurteilung Jesu zum Tode beteiligt war. Er regierte 19 Jahre und wurde im Jahre 36 fast gleichzeitig mit Pontius Pilatus vom Legaten Lucius Vitellius abgesetzt. Er war der Schwiegersohn des Sadduzäers Hanna, der vor ihm Hohepriester gewesen war.

Lazarus, Freund Jesu von Nazareth. Wohnte mit Maria und Martha in Bethanien. Wurde von Jesus wieder zum Leben erweckt. Über Lazarus gibt es mehrere Legenden. Einmal soll er unter Domitian (81 bis 96 n. Chr.) enthauptet worden sein, dann soll er, von Paulus und Barnabas eingesetzt, der erste Bischof in Larnaca, Zypern, gewesen sein. Im Jahre 890 sei unter der Herrschaft Kaiser Leos VI. in Larnaca ein Sarkophag mit der Aufschrift „Lazarus, der Freund Christi" gefunden worden. Die Gebeine kamen schließlich nach Byzanz/Istanbul und wurden von den Kreuzfahrern 1204 nach Marseille gebracht. Deshalb wird Lazarus auch als Bischof von Marseille genannt. – Auf Lazarus geht der Begriff Lazarett zurück.

Longinus, römischer Hauptmann, der sich zu Jesus Christus bekehrte und seine Gottessohnschaft bezeugte. Er ließ sich später taufen, kehrte Palästina den Rücken und reiste nach Mantua, wo er das Evangelium verkündete. Von hier aus nahm die Heilig-Blut-Verehrung ihren Ausgang. Als die junge Christengemeinde verfolgt wurde, reiste der Centurio nach Caesarea in Kappadozien, in die heutige Türkei. Dort soll er den Märtyrertod erlitten haben. Die Heilige Lanze gehörte seit dem frühen Mittelalter zu den Herrschaftsinsignien, den Reichskleinodien des Heiligen Römischen Reiches Deutscher Nation und wird heute in der Schatzkammer in Wien aufbewahrt. Die Statue des heiligen Longinus befindet sich in einer Kuppelpfeilernische des Petersdoms. Die ist ein Werk von Gianlorenzo Bernini. Im Schwarzwald und Teilen Süddeutschland ist noch das Longinuskreuz in Gebrauch. Vielleicht hat die Legende, wonach Longinus aus dem Württembergischen stammte, doch einen wahren Kern.

Maria des Kleophas, meist als Frau oder Tochter des Kleophas angesehen, stand mit unter dem Kreuz. Sie soll die Mutter Jakobus des Jüngeren gewesen sein, nach einer anderen Darstellung die Schwester der Gottesmutter. Ihr Name bedeutet „die Beleibte", aber auch „die Schöne", „die Bittere", „die von Gott Geliebte". „Es standen aber bei dem Kreuze Jesu seine Mutter und die Schwester seiner Mutter, Maria, die Frau des Kleophas und Maria Magdalena." Um diese Namensgebung hat es bibelhistorisch einige Verwirrung gegeben. Maria des Kleophas floh nach der Legende mit Maria Salome und der Schwarzen Sara nach Südfrankreich (siehe Sara, Sara-la-Kâli.)

Maria, Schwester von Lazarus und Martha. Sie muss Jesus geliebt haben, saß während seines Besuches zu seinen Füßen und hörte ihm zu, während Martha sich um das Essen kümmerte. Marias Vertrauen wurde nicht belohnt: Als ihr Bruder schwer erkrankt war, sandte sie zu ihm, und als er gestorben war, sagte sie: „Herr, wenn du hier gewesen wärest, wäre mein Bruder nicht gestorben." Jesus erweckte Lazarus vom Tode. Maria muss Jesus tiefer verstanden haben als Martha. Sie salbte Jesu Kopf mit Narde, einem kostbaren Öl, was Judas eine Verschwendung nannte. Jesus erwiderte, dass Maria ihn zu seinem Tode salbe.

Maria Salome von Galiläa, Mutter der Jünger Jakobus und Johannes, stand unter dem Kreuz Jesu und war eine überzeugte Jüngerin Jesu Christi. Ihr Name bedeutet „die Friedfertige". Wahrscheinlich hatte sie nach dem apokryphen Geheimen Markusevangelium ursprünglich eine größere Bedeutung, die aber durch Streichungen untergraben wurde. Maria Salome ist Patronin von Vereoli in Mittelitalien, andere Quellen sprechen von ihrer Flucht mit den anderen Marien nach Südfrankreich.

Martha – aramäisch „Herrin" – von Bethanien, Schwester von Maria und Lazarus, kümmerte sich um das leibliche Wohl ihres Gastes Jesus, während Maria zu seinen Füßen saß und seinen Worten lauschte. Nach der Auferstehung des Herrn verliert sich ihre Spur. Nach der Überlieferung soll sie zusammen mit ihren Geschwistern nach Frankreich gelangt sein. Bei Marseille habe sie ein Kloster gegründet, in dem sie asketisch lebte. Dieses Kloster sei möglicherweise der Ursprung christlichen Lebens in Südfrankreich gewesen. Die Reliquien Marthas wurden seit dem 13. Jahrhundert in Tarascon in der Provence aufbewahrt, sind aber heute verschwunden.

Mischna heißt Wiederholung. Es handelt sich um die erste größere Niederschrift der mündlichen Tora, einer der wichtigsten Sammlungen religionsgesetzlicher Überlieferungen des rabbinischen Judentums. Mischna ist die Basis des Talmud.

Nikodemus, der der jüdischen Gruppe der Pharisäer angehörte, kam nachts zu Jesus, um mit ihm ein ernstes Gespräch zu führen. Mag sein, dass seine Glaubensbrüder nichts von der Unterredung erfahren sollten, es gehörte jedoch zu jüdischen Gepflogenheiten, etwa die Tora nachts zu studieren, was einem „Opferdienst" gleichgesetzt wurde. Vielleicht hatte das Gespräch zwischen den beiden ähnlich spirituellen oder sakralen Charakter. Nikodemus soll bei der Grablegung Jesu für Myrrhe und Aloe zur Salbung des Leichnams gesorgt haben. Die Legende erzählt, Nikodemus habe als erster den gekreuzigten Jesus aus Holz dargestellt. Diese so genannte „Volto Sancto" wird in der Kathedrale von Lucca aufbewahrt. Nikodemus hat daher eine gewisse Bedeutung für christliche Bildhauer. Tilmann Riemenschneider und Michelangelo Buonarroti haben sich in der Gestalt des Nikodemus dargestellt.

Pontius Pilatus, von 25 v. Chr. bis 36 n. Chr. Präfekt des römischen Kaisers Tiberius in Judäa. Während seiner Regentschaft kam es zum Prozess gegen Jesus und dessen Hinrichtung. Pontius Pilatus war ein grausamer Herrscher, dem ein Menschenleben nichts bedeutete und der ohne Weiteres einen Justizirrtum in Kauf nahm, während die Bibel eher den Juden die Schuld an Jesu Tod gibt.

Samaritaner, Religionsgemeinschaft, die wie das Judentum aus dem Volk Israel hervorgegangen ist. Es gibt heute etwa 700 Religionsangehörige, die in Familienstämmen leben. Sie erkennen nur die fünf Bücher Mose als ihre Heilige Schrift an.

Samariter, ein Angehöriger der Religionsgemeinschaft der Samaritaner im Lande Samarien.

Sara, Sara-la-Kâli, die Schwarze Sara wurde wahrscheinlich eine christliche Missionarin. Nach der Legende reiste sie infolge einer Christenverfolgung um das Jahr 40 mit den Drei Heiligen Frauen Maria Magdalena, Maria Salome von Galiläa und Maria des Kleophas per Schiff nach Südfrankreich, wo sie in der Camarque und Provence die Frohe Botschaft verkündeten und christliche Gemeinden gründeten. Sara bettelte den Lebensunterhalt für alle zusammen. Der Ort Saintes-Maries-de-la- Mer, heute ein berühmter Wallfahrtsort der Roma, pflegt das Andenken der Frauen noch heute durch eine feierliche Prozession.

Stephanus, einer der ersten sieben Diakone der Jerusalemer Urgemeinde. Als es immer mehr Arme, Witwen und Waisen zu betreuen gab, und es zu einem Streit zwischen den Judenchristen aramäischer und griechischer Sprache kam, fürchteten die Apostel, darüber Lehre und Predigt zu vernachlässigen. Sie beriefen sieben Diakone, die ihnen assistierten. Stephanus' Engagement endete in einem gehörigen Konflikt mit den Juden, die ihn steinigten. Er gilt als erster Märtyrer der Kirche und Schutzpatron von Passau, Turin, Prato und Biella sowie als Patron der Böttcher, Steinschneider, Pferdeknechte, Weber, Schneider und Zimmerleute.

Talmud. Der Talmud (Belehrung, Studium) ist eines der bedeutendsten Schriftwerke des Judentums. Er besteht aus zwei Teilen, der älteren Mischna und der jüngeren Gemara. Er liegt in zwei Ausgaben vor, dem Babylonischen und dem Jerusalemer Talmud. Der Talmud enthält selbst keine Gesetzestexte, sondern zeigt auf, wie die Regeln der Tora in der Praxis und im Alltag umgesetzt werden sollen.

Tora heißt hebräisch Weisung, Gebot, Lehre und stellt den ersten Teil des Tanach dar, der hebräischen Bibel. Sie besteht aus fünf Büchern. Der griechische Name ist Pentateuch, der die fünf Bücher Mose beinhaltet, die das Volks Israel auf dem Berg Sinai erhielt. Laut Tora wurden todeswürdige Verbrechen mit Steinigung geahndet. Die Kreuzigung brachten die Römer ins Land.

Zeloten, die „Eiferer", eine religiöse Gruppe, die der „Eifer für Gott" beseelte, die dann jedoch zunehmend gegen die römische Besatzungsmacht aktiv wurde, weil nach ihrem Verständnis Gottes Königtum in Israel keine andere Herrschaft neben sich duldete. Das Land war von Gott gegebenes Erbe. Nach römischem Verständnis gingen eroberte Gebiete in den Besitz des römischen Imperiums über. Die ehemaligen Besitzer wurden als Nutzer geduldet, mussten jedoch dafür Steuern zahlen, wogegen die Zeloten kämpften. Juden, die nichtjüdische Frauen geheiratet hatten, wurden gemieden, auch verfolgt. Sie befolgten auch strikt das Bilderverbot. Der Schriftgelehrte Judas, der „Galiläer“, und der Pharisäer Zadok standen an der Spitze der Bewegung.

Die Jünger Jesu

Andreas, Bruder von Simon Petrus, Sohn des Jona, war wohl der erste, den Jesus zu seinem Jünger berief. Er brachte seinen Bruder Simon mit. War wie sein Bruder Fischer am See Genezareth. Er war Glaubensbote in Griechenland und starb in Patras an einem schrägen Kreuz (Andreaskreuz). Erkennungszeichen: Patron der Fischer, Bergleute. Namenstag: 30. November.

Bartholomäus, wurde ursprünglich Nathanael genannt. Er stammt vermutlich aus Kana in Galiläa und soll in Armenien und Mesopotamien die Frohe Botschaft verkündet haben. Starb durch das Abziehen seiner Haut eines grausamen Todes. Erkennungszeichen: Messer, Buch, Fahne. Patron der Lederberufe, Hirten, Bauern, Winzer und Metzger. Namenstag: 24. August.

Jakobus der Ältere, Sohn des Zebedäus und der Salome, war wie sein Bruder Johannes Fischer. Er starb als erster für seinen Glauben, begründete die Wallfahrt nach Santiago de Compostela in Nordspanien, wohin sein Leichnam überführt wurde. Erkennungszeichen: Muschel, Stab, Beutel. Patron der Pilger. Namenstag: 25. Juli.

Jakobus der Jüngere, auch „der Kleinere", Sohn des Alphäus. Über ihn ist wenig bekannt. Erkennungszeichen: Keule, Walkerstange, Kreuz. Patron der Krämer, Hutmacher und Walker. Namenstag: 3. Mai.

Johannes, Sohn des Zebedäus und der Salome, mit Petrus und Johannes einer der engsten Vertrauten Jesu. Er leitete die Gemeinde in Jerusalem, missionierte in Ephesus, an der Westküste der heutigen Türkei. Erkennungszeichen: Buch, Schriftrolle, Schlange, Kelch. Patron der Bildhauer, Maler, Winzer, Theologen. Namenstag: 27. Dezember.

Judas Iskariot (Judas aus Kariot), wurde auch „Sohn des Verderbens" genannt, verriet Jesus, weil er seine politischen Erwartungen nicht erfüllte. Starb durch Selbstmord.

Matthäus, ehemaliger Steuerpächter, auch „Levi" genannt. Kam nach der Überlieferung bis Persien und Äthiopien. Dort soll er gesteinigt worden sein. Erkennungszeichen: Engel, Buchrolle. Patron der Banker, Finanz- und Zollbeamten, Buchmacher. Namenstag: 21. September.

Matthias, der 12. der Jünger und anstelle des Judas Ischkariot in das Gremium aufgenommen, soll in Judäa den Glauben verkündet, Menschen bekehrt und geheilt haben. Vom Hohen Rat angeklagt, sei er zum Tode verurteilt, gesteinigt und nach römischem Brauch enthauptet worden. Andere Überlieferungen sprechen davon, er sei bis in den Kaukasus und nach Griechenland oder ans Schwarze Meer gekommen und 63 nach Christus zuerst gesteinigt und dann mit dem Beil erschlagen worden sein. Nachdem man seine Reliquien zunächst in Santa Maria Maggiore in Rom bestattet habe, seien sie mit Unterstützung der Kaiserin Helena von Bischof Agritius nach Trier gebracht worden. Erkennungszeichen: Beil, Buchrolle. Patron der Zimmerleute, Schreiner, Schneider. Namenstag: 24. Februar.

Philippus stammt aus Bethsaia oder Kafarnaum. Er missionierte in der Zentraltürkei, in Phrygien. Erkennungszeichen: Buch, manchmal Kreuz, Geißel. Patron der Konditoren, Gerber, Krämer. Namenstag: 3. Mai.

Simon Kananäus (Simon der Zelot). Die Zeloten waren eine radikale jüdische Gruppe, die den Messias erwartete, um Israel von den Römern zu befreien. Vor seiner Bekanntschaft mit Jesus muss Simon auch zu diesem Kreis gehört haben. Wurde wahrscheinlich mit einer Säge hingerichtet. Erkennungszeichen: Säge, Lanze, Keule, Schwert. Patron der Holzfäller, Maurer, verschiedener Leder- und Textilberufe. Namenstag: 28. Oktober.

Simon Petrus. Petrus heißt „der Fels“, Vorsteher der ersten Christengemeinde, Wortführer, starb nach Missionsreisen in Rom mit dem Kopf nach unten am Kreuz. Seine Nachfolger sind die Päpste. Erkennungszeichen: Schlüssel, Hahn, Buch, Fisch, Kreuz. Patron der Fischer, Schiffer, Päpste. Namenstag: 29. Juni.

Thaddäus, (Judas Thaddäus). Er kam vermutlich auf seinen Missionsreisen bis Persien. Er wurde mit einer Keule erschlagen. Erkennungszeichen: Buchrolle, Keule, Hellebarde. Patron der Menschen in schwerer Not. Namenstag: 28. Oktober.

Thomas, Zwilling, der „Ungläubige". Auch als Didymus aus Galiläa bekannt. Legte seine Hand an die Seitenwunde Jesu und wurde gläubig. Er kam auf seinen Missionsreisen bis nach Indien, bekehrte den König und diente ihm als Baumeister. Die „Thomaschristen" haben in Indien eine lange Tradition. Erkennungszeichen: Winkelmaß, Steine, Schwert, Lanze. Patron der Architekten, Zimmerleute, Maurer. Namenstag: 3. Juli.